つたない舌

館 淳一

幻冬舎アウトロー文庫

つたない舌

目次

第一章　マジックミラーの向こう側

(あの子、千穂に似ている……)

昭彦は、最初は別人だと思った。

娃の千穂が、こんな所にいるわけがない。

(それにしても、そっくりだ……)

まじまじと見つめなおして、ようやく本人なのだと分かった。髪型と化粧がふだんと違うので、惑わされたのだ。

ショックだった。

特殊な鏡に遮られて向こうからは見えないのだが、思わず後ずさりしてしまった。

(まさか…!?　なぜ？　どうしてあの子がここに……!?)

頭が混乱した。

「佐野さん、あの子がお気に召しました？」

彼の視線の行方を追った初枝が、白いショーツ一枚の裸身をさらけ出している娘に目を留めて訊《き》いた。体温が感じられるぐらいの距離に立っている熟女の手は彼の股間に伸び、ズボンの上からふくらみに触れている。

「えっ、いや、その……。まあ……」

「愛子ちゃんっていいます。ＯＬなので週末だけしか来られないの。今日はたまたま代休がとれたからって……。指名します？」

「あ、いや、それは……」

昭彦は狼狽《ろうばい》した。こんな場所で姪と対面するなど予想もしていなかったからだ。同時に、僅《わず》かな布きれで秘部を覆っているだけの姪の肉体に、激しく昂奮していたのも事実だ。

——佐野昭彦が『スタジオ幻夢』で、姪の千穂と出くわしたのは、そのスタジオに訪れるようになって十二、三回目のことだった。

『スタジオ幻夢』なるものの存在を知ったのは、まったくの偶然からだ。

一夜、取引先の重役を接待しての帰りに、行きつけのミニクラブ『キリコ』で、同僚や部下たちと軽く飲んだときに初めてそんな店があることを知った。

教えてくれたのは、ナオミという、この店に来てまだ一週間という新顔のホステスだった。

彼女は一週間前、面接を受けるときにやらかした失敗談を面白おかしく披露して皆を笑わせた。

「私ねぇ、このお店の面接を受けにきたとき、間違えて隣のビルに入ってしまったの」

『キリコ』のあるビルは上から下までバーやクラブがひしめいている。一方、隣のビルは店舗やオフィスが入っている、いわゆる雑居ビルだ。

ナオミは電話で教えられたとおりにエレベーターで六階まで上がったが、ビルが違うのだから『キリコ』などあるはずがない。廊下の感じから間違いに気づいていいはずだが、指定された時刻に遅れて焦っていたナオミは、ただウロウロするばかりだった。

そのとき、近くのドアが開き、中から一見、水商売ふうの女性が顔を出した。困惑しているナオミを見て、顔をほころばせると、声をかけてきた。

「あなた、面接に来た方ね？」

「ええ。そうです」

ナオミはホッとした。この女性が『キリコ』のママだと思ったからだ。

「待っていたのよ。なかなか来ないから、どうしたのかと思っていたところ。さあ、いらっしゃい」

「あ、すみません……」

彼女は導かれるままにその部屋に入った。中はマンションふうの内装であった。

(じゃ、ここはお店じゃなくて、事務所なんだ)

そう納得した娘は、一番奥の部屋で女性と向かいあった——。

そこまで話して、ナオミは自分でもおかしくなってプーッと噴き出したものだ。

「それがねぇ、全然、話がヘンなのね。知らない人の名前が出てきたりして、どっか嚙み合わないの。で、そのママさんみたいなのが、いきなり『じゃあ、少し体を見せて下さい。そっちの部屋で服を脱いで』なんて言うのよぉ！　私驚いたわよ。『えーっ、どうしてですかぁ!?』って訊くと、向こうも奇妙な顔をして『だって当たり前でしょう？　モデルをやってもらうんだから』って言うの。そこで初めて、間違えたってことが分かったの」

「つまり何かい、きみは『キリコ』と間違えて、ヌードモデルを扱う事務所に飛び込んだわけか？」

昭彦が尋ねた。

「ええ、そうなの。その人はヌードスタジオって言ってたみたい。『失礼しました！』ってあわててそこを飛び出したら、確かに『スタジオ幻夢』って表札に書いてあったわ」

そこで一同は爆笑し、その笑いはしばらく収まらなかった。

笑いがやんでから、昭彦はまた質問してみた。

「そのオフィスってどんな感じだった?」

ナオミは考えこむようにしていたが、こう答えた。

「ただのモデルクラブじゃないみたいだったなあ。電話がかかってきて、ママさんみたいな人が〝指名〟だの〝予約〟だの、それから待機してる女の子がどうのこうのと言っていたから……。何か風俗の店のような感じだったわ」

「そういや、隣のビルじゃ、いつだったかもデートクラブの事務所がアゲられたことがあったわ。多いのよ、このあたり」

ママが眉をひそめるようにして口を出した。

「そうか。そういや、週刊誌にちょっと出ていたな。つまり、スタジオで撮影する——という名目でヌードモデル嬢が客にサービスをする、もぐりの風俗店が出来た——って」

同僚がそう言ったので、昭彦は腑に落ちた。

「ははあ、表向きはヌード撮影、実際は女の子がセックスサービスに応じる店か」

「そうそう」

「それじゃナオミちゃん、そっちの店につとめた方が、ガッポリ儲《もう》かったんじゃないか」

もう一人の同僚が言うと、若いホステスは身をよじった。

「えーっ、そんなぁ。ひどい……!」

また爆笑の渦が巻いた。昭彦も笑った。

しばらくして昭彦は『キリコ』を出、ビルの前で同僚たちと別れた。

腕時計を見た。地下鉄の最終までまだ三十分はある。隣のビルを見上げた。八階建てのビルの半分近くの窓から明かりが洩《も》れている。建物の名前は『六本木第一共同ビル』――何の変哲もない典型的な雑居ビルだ。

（まだ営業しているかな？　その『スタジオ幻夢』とやらは……）

昭彦は二年前に離婚してから、それまで住んでいた所沢の家を売却して妻への慰謝料を払った。今は広尾の恵比寿よりに小さなマンションを借りて暮らしている。その気になれば六本木から歩いても帰ることが出来る。

（まあ、どんな所か、ちょっと覗《のぞ》いて見るだけでも……）

――八重洲にある中堅の総合商社、ブルゴン商事洋酒事業部に勤める昭彦は、営業マンとしては優秀だったが、ただ一つ、周囲からは欠点とみなされている性癖があった。

〝女遊び〟だ。

女遊びといっても、同じ会社のＯＬを口説くとか、街で素人娘をナンパするとか、そういうことではない。もっぱら風俗営業の世界にいるプロの女性を相手にする。ソープランド、ピンクキャバレー、ファッションヘルス、ホテトルやデリヘル、デートクラブ、エスコートクラブ、SMクラブ……。そういった世界で欲望を満たしてきた。

結局、その遊びがもとで妻は二人の子供を連れて出ていった。彼女は再婚したが、昭彦はそれ以来、独身をとおしている。

「あんないい奥さんがいたのに、なんで水商売の女なんかを相手にするんだ……」

何度も忠告されたが、やめる気にならなかった。

妻が子供を生んで子育てに熱中するようになってから、昭彦は彼女の肉体に魅力を感じなくなった。そのくせ、妻よりもっと容姿が劣り、子持ちの娼婦を抱くときは、けっこう昂奮する。不思議な心理である。

どうやら、多くの男たちに体を任せて生きてゆくという娼婦的な存在に昭彦は強く惹《ひ》かれるらしい。どうしてそうなるのか、昭彦にも分からない。

男という生き物は本来、独占欲が強い。自分の女に他の男が接近してくるだけで強い嫉妬《しっと》心を燃やす。結婚するまではいろいろ遊んだ男が「女房にする女は処女だ」と固執したりする。自分の浮気は棚にあげて、妻の浮気は許せない。

昭彦は違う。誰か一人に貞淑を尽くすような女に、あまり興味が湧かない。昨日は別の誰かに抱かれ、明日はまた別の誰かに抱かれる女、その女をいま自分が抱いているという現実が彼を昂奮させるのだ。金を払ってこの女の一部を買い占めている——という錯覚もまた、一種、倒錯した欲情をよび起こす。娼婦フェティシストというのが存在するとしたら、昭彦はまさしくそれだ。

（つくづく因果な性格だぜ）

自分でもそう思う。娼婦を求めれば当然ながら金もかかる。これまでそういった快楽のためにつぎこんできた金は莫大なものになるだろう。

抱くだけの金が無いときは、ストリップ劇場に通った。ストリッパーは大勢の男たちの視線によって犯されることで金を稼ぐ。つまり、一種の娼婦だと昭彦は思う。舞台の上で生板本番のストリッパーが何人もの男たちの相手をしてやっている姿は、女神のように神々《こうごう》しく見える。娼婦、ストリッパー、ピンクサロンに勤めるホステス——そういった女たちは昭彦にとって信仰の対象のような存在だった。

最近は課長代理に昇格し、大きな海外輸入プロジェクトの責任者にされていて出張も多く、そういった欲求を満足させる機会から離れていた。『キリコ』で『スタジオ幻夢』のことを耳にして、彼の遊び心は刺激された。

昭彦は、しばらく迷っていたが、やがて思いきったように隣のビルに入っていった。

（まあ、ちょっと覗くだけだ）

六階でエレベーターを降りる。ナオミが言ったように、殺風景な廊下が延び、左右に無表情な鉄の扉が並んでいる。一番手前の六〇一号室の表札に『スタジオ幻夢』と書かれていた。

思いきってチャイム・ボタンを押した。インタホンごしに女の声が応答した。

「はい?」

熟女らしいセクシィな声。

「あのー、まだ営業してますか?」

「ええ、やってますよ。予約された方ですか?」

「いえ、違うんですが……。たまたま近くまで来たもので……」

「えーと、それは……少しお待ち下さい」

ちょっと怪訝《けげん》そうな声だ。無理もない。もぐりの風俗営業の店では、最初のコンタクトはまず電話で、という形態をとる。飛びこみ客というのは、ひどく警戒される。昭彦も門前払いを覚悟の上で訪問したのだが。

一分ほど待たされてドアが開いた。ナオミが会ったというのはこの女に違いない。自分より年上だ。三十代後半ぐらい。やや太り気味で東南アジア系の丸い顔だちだ。化粧が濃い。黒いニットドレスがはちきれそうな肉の量感。水商売特有の動物系の香水の匂いをプンプンとさせて、また妖艶と言えば言える雰囲気を漂わせている。たぶん店長というかマネージャーなのだろう。

「どうぞ」

一瞥《いちべつ》の後、昭彦は室内に招き入れられた。彼女は職業的なカンで、飛びこみ客の素姓を、少なくとも風紀係の刑事ではないと見抜いたようだ。

昭彦は素人の女性を前にすると緊張し、ぎこちなくなるが、水商売の女性や娼婦を前にするとリラックス出来る。その心理が相手に伝わるのか、風俗営業の店でいやがられたことはほとんど無い。自分では分からないが、彼女たちを安心させる独特の匂いを発散させているのかもしれない。

玄関を入ると狭い廊下がまっすぐ通じている。左側にはバスルームらしいドア、そしてミニキッチンの設備を備えた小さなリビングルーム。その向こうに、事務机が一つ、ソファが一つ、小さな応接テーブルが一つだけの小部屋があった。部屋の片隅にはテレビとビデオデッキ。その前にマンガ週刊誌と女性雑誌が無造作に投げ捨てられていた。部屋に漂う匂いから、いましがたまで若い女がここにいたのだと分かる。昭彦の嗅覚は非常に敏感なのだ。

(おれが来たので別の部屋に移動したんだな——つまり、女の子が待機している部屋があるんだ)

こういう風俗営業のオフィスというのは、どういう営業形態であれ驚くほど似ている。昭彦はすでに、廊下の左側のドアの奥が女たちの控え室に違いないと察しをつけていた。

「ええと……、初めてですよね」

ソファに座った昭彦に、冷蔵庫から出した冷たいウーロン茶を勧めながら、マネージャーらしい女性が訊いた。

「そうです。実は、ここに来たことがある友人から『面白いところだから』と勧められまして……。場所はだいたい教えてくれたのですが、電話番号を忘れてしまって……」

女は頷《うなず》いた。そうやって口コミで知った客が案外多いのかもしれない。

「それじゃ、システムはだいたいご存じですね？」

「いえ、あんまり詳しくは聞いてないんですが……」

「では、これをご覧になって下さい」

セルロイドのケースに入った一枚の紙を渡された。レストランのメニューに似ている。

文章はワープロで書かれていた。

《スタジオ幻夢》ご案内
当スタジオは、カメラマンとモデルが一対一で親密な雰囲気の中で撮影を行なえるよう、設備とシステムを完備しております。明朗会計ですので、安心してご利用下さいませ。

●入会金　　　　五千円
●モデル撮影料　Xモデル＝一万円（一時間。ハードオプションF）
　　　　　　　XXモデル＝二万円（〃　。ハードオプションV）
　　　　　　XXXモデル＝三万円（〃　。ハードオプションA、その他相談可）
●延長料金　　　三十分＝五千円

特記事項

＊撮影はフィルムカメラが原則です。またポラロイドカメラもお貸しします（フィルムのみ一パック二千円）。
＊衣裳は持ち込めます。また、スタジオ備えつけの衣裳も利用できます。セーラー服、白衣等豊富に用意しております。衣裳は極端に汚したり破損したりしなければ原則無料です。
＊SM行為や、モデルの了解なしに行なう極端に猥褻なポーズ、演技はご遠慮下さい。
＊モデルのプライバシー保護のために、スタジオ内で撮影された写真は外部に発表しないで下さい。違反をした場合、損害料を請求される場合があるのでご注意下さい。

以上

一読してから、昭彦は質問した。

「この……XとかXXというのは、どういう意味ですか？」

「うちではシングルX、ダブルX、トリプルXと呼んでいますが、簡単にいえばモデルさんがどの段階までご注文に応じるか、その違いですね」

「ははあ。なるほど」

アメリカ映画では、ポルノグラフィにXレートというのをつける。Xが多ければ多いほど、ポルノ度は高い。その最高がXXX——トリプルXである。こういうランクをつけているということは、やはり撮影を名目に性的なサービスを提供している場所だということだ。客の欲望をどんなふうに満足させるか、それによって値段が違うわけだ。

「この三つすべてに共通しているのは、モデルさんが全裸になること、オナニー演技に応じるということです。そして、それぞれにオプション演技のサービスがつきます」

オプション演技というのは、射精サービスのことだろう。

「シングルXの場合、オプションはフェラチオ演技までです。フェラチオを実演してもらって、それを撮るというわけですね」

「ほほう」

「スタジオはこのビルの中に三つ用意してありますが、どのスタジオにも大きな鏡があります。皆さん鏡に映して、その演技をお撮りになられますね。もちろん三脚をお持ちになっても結構ですが」

昭彦も経験があるが、三脚にカメラを据えつけて自動シャッターあるいはリモートコントロールで自分と女の痴戯を撮るのはけっこう難しいし面倒だ。大きな鏡に映して撮る方が簡単である。

「ダブルXの場合は、Vオプションになります。つまり、バギナに挿入された状態での演技を撮影できます」

「へぇ」

要するに彼女が言っているのは業界でいう〝ハメ撮り〟、ズバリ性器と性器を結合させた状態、すなわち本番行為のことだ。昭彦は舌を巻いた。

(なるほどね、ここのモデルというのは、ポルノ女優的な演技者とみなされるわけか)

取り締まる側にそんな理屈が通るわけはないが、モデルたちを納得させる材料にはなる。美人女優が「芸術のために」と言われると裸にもなるし、過激なベッドシーンもやってみせるのと同じ心理だ。昭彦は胸を躍らせながら訊いた。

「じゃ、トリプルXのオプションというのは？」

「SMとかスカトロを除いて、お客さまの特別な注文に応じるモデルのことです。まあ、一番多いのはアナル演技ですね。自分でバイブレーターを挿入するとか、アナルセックスの演技に応じるとか……」

昭彦は感心した。同時に激しい昂奮を覚えた。昭彦は女の臀《しり》が好きで、肛門性交が好きだ。声がうわずってしまった。

「そこまでやってくれるんですか、それは凄い……」

「ええ。ですが、全員というわけではありません。うちのモデルはいま、三十人ほど確保しておりますが、トリプルXまでOKというのは五人だけです」

少し落胆した。しかし考えてみれば、全裸の自分をさらけ出して撮影させたうえ、さらにアナルセックスまでさせてくれる女性というのは、そんなにあちこちにいるはずがない。

「分かりました。で、今日これから撮影できますか？　あいにくカメラは持参していないのですが……」

「ポラロイドでよければお貸しします。ただ夜も遅いので、いま待機しているのは三人だけなんですよ。それ以外の女の子でしたら、ここにアルバムがありますから、それから選んでいただいて、明日以降、予約していただくことになります」

「いや、せっかくここまで来たのだから、いまいる子でかまいません。で、見て選べるんですか？」

「ええ。マジックミラーがありますから」

「ああ」

マジックミラーによる〝実物顔見せシステム〟は、こういう風俗店で多く採用されている。客は自分の姿を見せることなく、快楽を売る女たちを目の前に見て選べる。

「では、こちらにいらしてください」

机の上の電話機の内線ボタンを押してから、女性は廊下に昭彦を連れ出した。控え室で待機している女の子たちに合図をブザーで送ったのだろう。

「どうぞ」

廊下の片側の壁には、入るときは気がつかなかったが、かなり大きな絵がかかっていた。こんな殺風景なオフィスには不似合いな山水画だ。廊下のスイッチを消してから女性は絵の額縁を軽く押した。壁の上の方に取り付けられたレールによって、山水画はスムーズに横に移動した。絵の裏からポッカリと窓が現れた。縦一メートル、横二メートルぐらいの窓にはガラスが嵌《は》め殺しになっている。暗い廊下の側から見れば素通しのガラスに見えるが、明るい室内側から見れば自分の姿が映る鏡だ。

「これがショールームです。お選び下さい」

「…………！」

こういう場面は何回と経験してきた昭彦だが、眼前に展開したのは、遊び慣れた彼にしてもかなり刺激的な、意表をつく光景だった。

六畳ほどの広さの、真紅のカーペットを敷き詰めた洋間だった。窓もないし家具もない。天井に取り付けられたスポットライトの列が、マジックミラーの向こう、壁の前に横一列に並んでいる若い娘たちを照らし出していた。

いずれも二十歳そこそこといった年齢で、それぞれに美人の部類である。肉体もなかなかのものだ。彼女たちが身に着けているのはTバックのショーツ一枚。レースを多く使ったその下着は魅惑的な秘部の丘を隠す役目をはなから放棄している。おかげで秘毛の量、繁茂の形までそっくり透けて見える。

セクシィな下着を穿《は》いた娘たちは、同じポーズをとって静止していた。股を少し広げ、両膝をついて立っている。上体はややそらし気味にして、乳房をピンと前に突き出すように。両手は頭の後ろに回して組んでいる。綺麗に剃られた腋窩《えきか》をさらして。これが品定めを受けるためのポーズなのだ。一人は真面目くさった表情、もう一人は薄い笑みを浮かべ、最後の一人はやや俯《うつむ》いて恥じらうような表情だ。

二人は白いショーツ、もう一人は赤いのを穿いていた。形は同じだが色だけが違う。彼女たちの背後に三枚のシルクローブが脱ぎ捨てられていた。下着一枚にローブを羽織り、彼女たちはやってくる客に選ばれるのを待っていたのだ。

「ショーツの色がXランクを示します。白いのはシングルX、赤はダブルX、黒はトリプルXです」

「ということは、こっちの二人がシングルX、向こう端の子がダブルXですね」

「ええ、トリプルXの子は一人来ているんですけど、いま、指名がかかっています。そうですね、あと三十分はお待ちいただかないと……。ですから、お気に入りの子がいましたら、なるべく電話予約をお勧めします」

「分かりました」

彼は右端の白いショーツの子に注目した。昭彦には特にこだわる女性のタイプというのがない。そのときそのときの気分でロリータ・タイプから熟女タイプまでを選ぶ。今日は、小悪魔的なその娘にそそられた。短めのボブカット。まだ女子高生みたいなあどけない顔が、胸もヒップもむっちり張り出した成熟した肉体に載っている。そのアンバランスさが、奇妙なエロティシズムを発散させているのだ。ヒップがきゅっと引き締まっているのもいい。彼女は謎めいた微笑を鏡の向こうにいるはずの客――彼女の側からは見えない――に向けていた。

「あの子がいいんですが、後ろを向いてもらえますか」

「いいですよ」

女はマジックミラーごしに呼びかけた。

「セリナちゃん。前に来て、後ろをお見せして」

セリナと呼ばれた娘は立ちあがり、しずしずとマジックミラーのすぐ前までやってきた。残りの二人は静かに正座した。

一番手前にも強烈なスポットライトが当たっていた。眩《まぶ》しい円の中にはいると、セリナは奴隷のような従順さで、くるりと回転して背を向けた。昭彦の視線は右端の娘の臀部に吸いついた。ショーツの背面は細い股布がTの字形に臀裂に食いこんでいる。いわゆるタンガというタイプの下着で、ボトムの丸みはまったく隠されていない。ショーツの細い股布が豊かな大陰唇を包みこめず、両端から縮れた秘毛がはみ出しているのがなまなましい。

(うむ、ウエストはよくくびれて、なかなかよいヒップだ)

昭彦は女に告げた。

「では、この子でお願いします」

第二章　シングルX――セリナ

　セリナという娘は、奥のオフィスで昭彦が金を払っていると、ショーツ一枚のままやってきた。カーペットの上に正座して、深々と頭を下げた。

「セリナです。今日はご指名いただきありがとうございました。何なりとお申しつけ下さい」

　マネージャーの女性は彼女に鍵を手渡した。

「Bスタジオを使って」

　セリナは昭彦を目で促した。

「どうぞ。この一階上ですので」

　玄関のコート掛けにかかっていた薄いコートをシルクローブの上から羽織り、白いハイヒールをはいた。その恰好で廊下に出る。誰かとすれ違っても、まさかコートの下が下着一枚とは誰も思わないだろう。

エレベーターの横の階段を上り、七階の廊下を突き当たりまで歩く。歩きながら昭彦は、セリナが思ったより背が低いことに気がついた。彼の肩までもない。百五十センチ前後というたところか。

「ここがBスタです。八階にAスタ、五階にCスタがあります。Aスタが一番広くて、Cスタが一番狭いの。ここは中間ですね」

そう言いながらセリナは七〇六と表示されたドアを開けた。

ほぼ、下のオフィスと同じ間取りの部屋だ。入ったところのリビングキッチンに応接セットが置かれてある。

「こっちが撮影用のお部屋です。一応、女の子の個室ふうにしてます」

その六畳ほどの洋間には、シングルベッド、背もたれのついた椅子が置かれていた。壁ぎわには木の枠に収まった大きな鏡。支柱とキャスターがついていて、自由に方向や角度を変えられる。窓には花模様のカーテン。まあ、女の子の部屋といえばいえないこともないが、それにしては何もなくガランとしている。ヌード撮影のためならその方がいい。

「こっちが衣裳部屋です」

引き戸を開けると四畳半の畳の部屋だ。大きな洋服ダンスが二つ、抽斗《ひきだし》がいっぱいついた小物ダンスが一つ置かれていた。

「お好きな衣裳を選んで下さい。何でもありますよ。セーラー服、白衣、スチュワーデスの制服……。ネグリジェとか浴衣もあります。下着も、いろいろ揃っていますから」

驚いたことにエプロンまで用意されていた。

「それ、五十代六十代のおじさんが好きなんですね。エプロン着けてキッチンの流しのところで、お尻を向けさせて撮影するんです。この前なんか、自分で割烹着を持ってきたおじさんがいましたよ。私、和服は着れないので浴衣の上からそれを着けて演技しましたけれど」

「ふうむ……」

色とりどりの衣裳を前にして、昭彦は唸《うな》った。『スタジオ幻夢』というのは、文字どおり男たちの妄想と幻想を実現させてくれる性夢の工場なのだ。ここでモデルたちは女子高生や看護婦やスチュワーデス、あるいは若妻になり、男たちの命ずるままにかしずいてくれる。

結局、昭彦が選んだのはベビードールのネグリジェだった。煽情的《せんじょうてき》な赤い色の薄い寝衣と、ペアになったバタフライショーツをベッドのシーツの上に広げ、セリナはツルリと白いショーツを脱ぎ下ろして言った。

「じゃあ、最初にシャワーでお洗いします」

「うん」

全裸になってバスルームに入る。案外清潔だ。セリナも入ってきて、温かい湯を全身にかけてくれた。ソープランドにあるのと同じ、股間を洗うための椅子に座ると、彼の前に片膝をつくようにした娘が、石鹼の泡をたてていがいしく彼のペニスと睾丸を洗いたてた。指づかいはぎこちないが、それがかえって新鮮で、彼の欲望器官は雄々しく猛りたった。

「うふっ、元気ですね。たのもしい……」

小悪魔的な娘は八重歯を見せてニッと笑った。そうすると清純さの向こうに淫乱さが覗く。

サイズは八十四、五十六、八十四だという。理想的な蜂腰タイプだ。片膝を立てているので彼女の性愛器官がモロに視野に飛びこんできた。湯の飛沫で秘毛が濡れそぼり、食虫花を思わせる器官がなまなましく息づいている。その形状からして、娘はやはり好色な体質だと昭彦は思った。彼の経験が教えるのだ。

「撮影なんかしないで、すぐに……ハードオプションをやりたいというお客はいる？」

屹立した器官を柔らかい手で洗われながら昭彦が訊くと、セリナは頷いた。

「いますよ。ここですぐしゃぶってくれ、という人」

「それで出しちゃったら、時間が空いてしまうね」

「でも、その後で撮影しているうち、皆さんまた元気になります」

「だって、オプションは一回だけでしょ。また立ったらどうするの？」

「延長料金を払っていただければいいんです。五千円の追加ということですね。出しても出せなくても……」

「そうか」

それならまずここで彼女の唇を試そうかと思ったが、逸る心を押さえて浴室を出た。今日はその予定が無かったので、帰りのタクシー代が心細い。

バスタオルで拭われ、糊のバリッときいた短めのガウンを着せられた。サウナにあるようなやつだ。色は白。下は全裸だから、怒張した器官が前の部分を持ちあげてしまう。

セリナからポラロイドカメラを受け取る。十枚のフィルムが装填されていた。セリナは彼の目の前でセクシィなベビードールと、ペアのバタフライショーツを身に着けた。

「うーむ、エロティックだ。そそられる」

「そう？」

嬉しそうに笑いながらセリナは白いシーツで覆われたベッドに腰を下ろし、ゴム毬のように体を弾ませた。

「さあ、撮って下さい。おじさま」

小悪魔の笑みで昭彦を誘い、セリナはベッドに仰向けになった。

――それから三十分、セリナはベッドの上と椅子の上で、自分自身を愛撫する演技を要求された。いや、最初は演技だったかもしれないが、そのうち、演技ではなくなった。

まずはベビードールの裾をまくりあげ、バタフライショーツの上から指で刺激した。

バタフライショーツは本体と同じ、薄くて赤いナイロンだ。桃色の肌と黒い秘毛、その奥に息づく秘花器官。その眺めはダイレクトに見るよりも、こうやって透けた布ごしに見る方がよほどエロティックに思える。

セリナは、最初は指で秘裂をなぞり、その部分に縦長のシミが発生すると次に小さなバイブレーターを使って薄布ごしに敏感な肉芽に刺激を加えた。

「あー、っ、あうっ、……ううン」

ふくよかな唇を、まるで苦痛を堪《こら》えるかのように噛みしめ、甘い呻《うめ》きを洩らす。薄く閉じた瞼《まぶた》に睫毛《まつげ》がピクピク顫《ふる》える。左手がベビードールの胸をはだけ、林檎のような、やや硬質な丸みを帯びた乳房を摑み、揉みしだく。ピンク色の乳首がみるみるうちに膨らみ、硬くなって尖ってゆく。

「そうだよ。もっと股を広げて……、そう。グンとのけぞってごらん」

ポラロイドカメラを構え、ファインダーを覗きながら、昭彦は次々と指示を出した。一時はヌード撮影会というのにもずいぶん参加した。撮影後、モデルが参加者全員とファックするという、一歩間違えば警察沙汰になりそうな輪姦撮影会も経験している。

昭彦は、そういう猥褻なポーズや行為を要求されるヌードモデルたちにも、ストリッパーと同じように欲望をそそられる。今まで見ず知らずの男と女が、ひとつの空間と時間を共有し、その中で金銭を媒介としたエロティックな儀式をくり広げるということに、昭彦は異常な昂奮を覚えるのだ。

秘唇から溢れた蜜液でバタフライショーツの股布はぐっしょり濡れた。それを脱がせてベッドによつん這いにさせて、ベビードールの裾を思いきりからげさせて、よく熟した桃のような臀部を完全に露出させる。

コンドームをかぶせた中型のバイブレーターを根元まで埋めこませ、操作させた。

「いやー、あっ、ああー、恥ずかしいわ。……やぁン、うう」

泣きじゃくる幼児のような声をはりあげ、ヒップを淫《みだ》らに悶《もだ》えくねらせる。甘酸っぱい若い娘の体臭が閉めきった洋間に充満した。

「よおし、今度はこのデカイのをブチこんで、思いきりイッて」

大型のバイブレーターを手渡した。性体験の少ない娘なら震えあがってしまうに違いない巨大でグロテスクな擬似陰茎を、セリナという娘はいともやすやすと埋めこみ、ブルンブルンとうねり、ビーンビーンと小刻みに振動しているそれで子宮の入口を抉《えぐ》るようにした。同時にもう一方の手で秘叢の底の膨らみきった肉芽を弄《いじ》りまわす。

「いやだ、ああっ、感じる、感じちゃう……」

今はもう煽情的な寝衣を脱ぎ捨て、一糸纏《まと》わぬ全裸をさらけ出した娘は、ストロボの青白い閃光を浴びながら仰臥した姿勢で絶頂した。

「イク、イク、いっちゃう！　セリナ、もうダメ……ッ……！」

弓なりに反りかえる汗まみれの裸身。小麦色がかった健康な肌から、特有の刺激的な芳香が立ちのぼった。男を狂わせる牝の芳香。ぴっちり合わせてブルブルと痙攣《けいれん》している内腿。

やがて全身から力が抜けて、ぐったりと放心したようになる。

「うーむ、凄い。最高傑作が撮れた」

それまで撮った八枚のインスタント写真を絨毯《じゅうたん》の上に広げると、目を開け、ゆっくりと体を起こしたセリナがはにかむように笑ってみせた。

「あー、こんなとこまで撮ったの？　うーん、何度体験しても恥ずかしいな、イク瞬間を見られるのは……」

「そうかい。演技じゃないの？」

「最初はね。でも最後は本気ですよ、いつも」

あられなさの極限とも言うべき姿を見られたことで、セリナは昭彦に対してもっと気安さを見せるようになった。ティッシュペーパーを股に挟みこむようにしてバスルームに入り、シャワーを使った。

やがてバスタオルを巻きつけた姿で出てくると、ソファに座って煙草を吸っている昭彦の膝の上に腰を下ろした。みっしりと生気が充満しているような若い娘の体重を好もしく受けとめながら、昭彦は彼女を後ろから抱き、ふくよかな乳房を揉みながら促した。乳首はまたシコシコと硬くなりセリナは甘えるように鼻を鳴らした。バスタオルをとり股間の秘毛をまさぐる。

「あー、いい気持。もっと触って……ン」

自ら股を広げて秘花器官に男の指を誘う。しばらく弄んでから、

「そろそろFオプション、ゆこうか」

「はい。どこで、どんなふうにやります？」

全裸のセリナをベッドに這わせて、昭彦もガウンを脱ぎ捨て、その前に膝立ちになった。

鏡の角度を調節して二人の姿が映りこむようにする。

「さあ、頼むよ」

「はい……」

透明なカウパー腺液を尿道口から溢れさせギンギンに勃起している昭彦の器官を、セリナは嬉しそうな、眩しそうな表情をしながら握りしめ、しばらく揉むようにさするようにした。

「ゴムは使わないの？」

「イヤなお客さんとか、危なそうな人は使うけど……。かまいません、思いきり出していいですよ」

「どうして、シングルXでいるの？　本番はやっぱりイヤかい？」

根元を摑まれてふくろの方も柔らかく揉まれながら、ふと疑問に思って訊いてみた。あれだけ太いバイブレーターを平気で呑みこんでみせて、生身のペニスはどうして呑みこめないのだろうか。

「うん……フェラチオとかオナニーだと、まだセックスじゃないから、体を売ったことにならないでしょ？」

「はあー、抵抗があるんだ、やっぱり」

「そりゃそうですよ。けっこういい家の娘なんですよ、こう見えても」

ニッと白い歯を見せて笑い、それから大きく口を開け、ズキズキ脈動している肉根をふくんだ。

舌で巧みに亀頭の先端、周辺を刺激され、昭彦は呻いた。

(いい家の娘にしては、なかなかやるじゃないか……)

昭彦は手にしたカメラを忘れていた。

(おっと、いかん)

腰をひねって真横の位置にある鏡の中を狙う。ベッドの上の二つの獣。一匹はカメラをかまえて下腹を突き出すようにし、もう一匹はよつん這いでペニスをくわえこんでいる。

(こりゃ、刺激的だ)

昭彦は行為中の自分たちの姿を鏡に映して眺める——という趣味はあまり無かったが、こうやってカメラのファインダーから見る、口舌奉仕を受ける姿には激しく昂奮させられた。

ストロボの光が鏡に反射した。

「ああ、いい……」

「む、……んぐ」

唾液で濡れた肉茎がピストンのように若い娘の口腔内に押しこまれ引き抜かれる。昭彦はカメラをほうり投げ、セリナのボブカットのヘアを両手で鷲摑《わしづか》みにした。

二匹の獣のリズムが一致した。そして昭彦のリズムが倍になった。

「む……！　うっ！」

荒々しく腰を使って一分ほどして、昭彦は吠えた。吠えながら牡のエキスを勢いよくセリナの口の中に噴きあげた。

昭彦の器官が萎えきるまで、セリナは吸い続けた。最後の一滴までエキスは吸い出された。彼がぐったりと横たわると、セリナは口を離し、バスルームに入っていった。嗽《うがい》をしてから、またシャワーの音。バスルームから顔を出して呼んだ。

「来て、おじさん。洗ったげる」

浴室に入ると、今度は昭彦がセリナの前に跪《ひざまず》いた。

「気持よくしてくれたからね、お返しだ」

「えーっ、そんな……あっ、うーん」

男が自分の股間に顔を埋《うず》め、濡れた秘唇を指で広げて珊瑚色の粘膜前庭に舌をさしこんできた。まだ二十歳ぐらいの若い娘は、自分よりずっと年上の男の巧みな舌技に痺れ、甘く呻いた。

昭彦は、舌で舐め、唇で吸い、歯で柔らかく嚙み、指で敏感な肉芽や会陰部、そして臀裂の谷間にひっそり息づいているアヌスの蕾《つぼみ》まで愛撫してやった。たちまち肉芽を脹らませ、甘い蜜液を溢れさせ、ヒップを淫らに打ちゆするセリナ。

（感度がいい子だ……）

熱心にクンニリングスを行ない、子宮から溢れてくる甘い蜜液を啜《すす》りながら、昭彦は感嘆した。もう立っていられなくなり、セリナは浴槽の縁に尻をつけ、大股開きの姿勢でぐいぐいと下腹を押しつけてくる。彼女の両手は無意識のうちに昭彦の頭を押さえつけている。

昭彦は会陰部を愛撫していた指をそうっと濡れ濡れの秘唇にすべりこませた。

柔襞のトンネルへぐいと押しこむ。たちまちまつわりついてくる粘膜。ザラザラした膣皺壁がどよめいている。そこを抉るようにして刺激してやると、

「ああっ、あっ、うー……ン、イク！」

びっくりするような大声を発してセリナがガクンとのけぞり、強い力で昭彦の頭部を両の腿で挟みつけた。

「うー、あっ、あああ……！　ン！」

ガクガクと全身をうち揺する。昭彦はドバッと溢れてきた蜜液を呑みほした。

――セリナが意識をとり戻すまで、ゆうに二分以上かかった。

「えー、初めてよ、お客さんに逆サービスされて、こんなにメロメロになったの……」

恥ずかしそうに言い、若い娘は昭彦にすがりついてきた。昭彦がその唇を吸うと、セリナも情熱的に吸いかえしてきた。

彼の股間をまさぐるセリナが、キャッと嬉しそうに叫んだ。

「おじさん、元気！　ねぇ、延長して下さいません？」

——結局、最後に一枚残ったポラロイド写真は、再びベッドの上で、今度は仰臥した彼女の上に跨《また》がりながら口中発射する昭彦の姿を撮影するのに使われた。

「ありがとうございました。また来て下さいね。私以外にもいろいろなタイプのモデルがいますから、ぜひ試してみて下さい」

男に洋服を着せてやってから、自分はまだ素っ裸のセリナは床に正座して頭を下げた。

（ふむ、しつけがゆき届いている……）

ふつうなら「また指名して下さい」と言うところだ。ここの経営者の方針なのだろう。

指名客の数を競争させる店もあるが、まんべんなく客と女の子が出会うように仕向ける店もある。長い目で見ると、後者の方が有利だ——と昭彦は聞いたことがある。一人の女の子についた常連客は、その子が居なくなると店を離れる。それよりも店自体の常連客を増やした方がいい。

結局、タクシー代まで使いはたし、恵比寿まで歩いて帰るはめになったが、昭彦はそれに見合うだけの快楽を得た、と思った。

数日後、昭彦は昼間、急に二時間ほど時間が空いた。

（じゃあ、あの店にもう一度行ってみるか……）

昭彦のように得意先回りが多い営業マンは、会社を出てしまえば拘束されない。期待に見合うだけの仕事をこなしていれば、あまった時間は自分のものだ。昭彦が精力的に風俗の店を遊び回れるのもそのおかげだ。

電話ボックスに入り、この前、『スタジオ幻夢』で貰った名刺をとり出した。マネージャーの名前は嶋田初枝とある。黒いニットドレスを纏った肉感的な熟女の名前だ。

初枝は、昭彦のことをすぐ思い出してくれた。

「佐野さん……。ああ、こないだ遅くフリで来られた方ね……。これから撮影をご希望ですか？　いまは五人待機しています。どうぞいらして下さい」

――十五分後、再び『スタジオ幻夢』のマジックミラーの前に立った昭彦は、五人の女たちを見て、また舌を巻いた。こないだの三人の娘もそうだったが、今回もどれを選んでいいか迷うほど、女たちの粒が揃っている。そして、プロ的な雰囲気の強い女、たとえばソープランドから流れてきたような女がいない。

「そうですよ。みんな、私たちスタッフが街でスカウトしてきた、ほんとの素人さんですから……。風俗やってた子は一人も入れてません。だからスレてないでしょう？」

昭彦が自分の感想を述べると、初枝というマネージャーは誇らし気に言った。

この日の五人のうち、白いショーツを穿いたのが一人、赤いのが三人、そして、黒が一人いた。黒いショーツを穿いていたのは年のころは二十代後半と思われ、さすがに他の娘たちのようなピチピチした肌のハリはないが、熟成したチーズを思わせるような豊満な肉体にそそられるものを感じ、迷わずに昭彦はその女を選ぶことにした。

「あの子は、トリプルXですね？」

「そうです。マリといいます。もっとよく見ます？」

「ええ」

「マリちゃん、前に来て」

嬉しそうな表情を浮かべ、マリという女はマジックミラーのすぐ向こうに立った。

「ええと、ここでアナルを調べられますか？」

昭彦がためらいながら訊くと初枝はニンマリと笑った。ゾクッとするような妖艶な笑みだ。

「ええ、トリプルXの子ですからね、徹底的に検査して下さい」

頷いてマリに命じた。

「さあ、ショーツをとって、こっちにお尻を向けて」

「…………」

いそいそと黒い薄布を脱ぎ捨て、マリは背を向けて立った。マジックミラーの向こうで自分の品定めをしている客が何を望んでいるか、彼女はもう知っている。

「もっと脚を開いて……それから体を倒してごらん」

「……………」

マリは素直に初枝の言葉に従った。

「お尻を両手で開いて、アヌスをごらんに入れるのよ」

「……………」

赤いマニキュアをした指で尻朶を摑み、ぐいと左右に引っ張った。豊満な臀部の中央を走る谷間が開かれ、その奥に隠れていた排泄孔がまる見えになった。

「ふむ、綺麗なものですね……」

菊の花弁状の肉孔はごく僅かに歪《ゆが》んでいるが、たいした変形ではない。アナルでサービスする女の中には、粘膜がはみ出てきたり、菊襞が著しい変形、変色をきたしているものが多い。

「もっと前に倒すのよ」

初枝が再び声をかけた。脚の筋肉が体重を支えきれる限度一杯まで、マリは上体を屈《かが》めた。会陰部から秘唇までが昭彦の視野に入った。花弁はさすがに大ぶりに乱れているが、醜悪な感じはしない。驚いたことに秘唇のあわいから薄白い液が滲《にじ》み出ている。

「彼女、濡れてますよ」

「ええ、露出狂的なところがあるんですね」

昭彦の指摘に初枝は笑って頷いた。

「ふむ、じゃあ、この子にしましょう」

彼女に三万円を払い、昭彦はマリという女とAスタジオに入った。

第三章　初枝ママの爛熟演技

マリというトリプルXのモデルは、昭彦を八階の八〇四号室――『スタジオ幻夢』のAスタジオに導いた。

「きみの場合、当然VオプションもAオプション――アナルのほうもOKということなんだろうね？」

エレベーターを使って六階から上がる途中、彼はマリのヒップをサマーコートの上から撫でながら尋ねた。マリはまったくいやがる素振りを見せない。

「ええ、そうです。お出しにならない限り、連続しての演技ということで……。皆さん、VとA、双方の演技を両方楽しんで行かれます。もちろんその前にフェラの方も……」

Aスタジオに使われている部屋は、二LDKだが、和室も広く、蒲団《ふとん》を敷いて撮影プレイを楽しめるようになっていた。

最初に浴室で体を洗ってもらった後、その場でフェラチオを要求すると、マリは喉の奥まで受け入れて擦《こす》りあげる情熱的な口舌奉仕を行なった。

その後、和室に入る。

「衣裳は、どうしましょう？」

「そうだねぇ、和室だから浴衣かな……。長襦袢《ながじゅばん》なんてある？」

「あります。年配の方のご希望が多いですから」

衣裳タンスから長襦袢をとり出した。白地に赤い紅葉《もみじ》が散っている。その下に着ける湯文字は緋色。マリは全裸の上からそれを着けてみせた。

「ううむ、そそられる」

白いシーツの上に横たえさせると、桃色の肌、白い長襦袢、赤い湯文字のコントラストが何ともいえない。大きく裾をまくりあげると、黒々として光沢のある秘毛がみっしりと繁茂している。もともと、ふっくらとしたうりざね顔で、日本調の顔立ちだ。和装下着の雰囲気にぴったりである。

「どんな感じで演技いたしましょう？」

「その恰好だったら、孤閨に悶える未亡人かなあ。亡き亭主のことを思い出して自分を慰めてる――って感じはどう？」

昭彦はこの前セリナにやらせたように、仰臥位でバイブレーターを使わせてから、よつん這いのポーズで臀部を露出させ、肛門に小型バイブレーターを挿入させた。菊襞の肉弁はいともやすやすとそれを呑みこんだので、昭彦は驚いた。

「慣れているんだな」

「はい、以前からお尻でオナニーをしてましたから……」

ちょっと恥ずかしそうに、マリは白状した。

不倫していた愛人が読んでいた男性雑誌の中に、アナルオナニーのことが書いてあり、好奇心の強かった彼女はこっそりと実験してみた。最初は肛門から直腸へと異物を挿入するのが恐《こわ》かったが、指を入れてマッサージすると括約筋が緩み、驚くほど容易にいろいろなものが入るようになった——という。

「じゃ、こんなバイブレーターじゃものたりないな。一番大きいの使うか」

Ｌサイズのバイブレーターは直径が五センチ近くある。昭彦の怒張しきった器官よりふた回りぐらい太いのだが、マリのアヌスは苦もなく呑みこんでしまった。

「あー、恥ずかしいっ……こんなところを映されて……」

埋めこんだバイブを右手で操作し、もう一方の手で秘唇を刺激しながら、全身を炎のように燃えたたせ、マリは孤独な悦楽の世界にのめりこんでいった。

「凄く濡れるな」

内腿を透明な蜜液が濡らす。昭彦は驚嘆した。

「いやぁ、あっ、あっ、ああっ」

凄絶なアナルオナニーを演じてみせて、最後には号泣にも似たよがり声を吐き散らして、マリは絶頂した。

「それじゃ、最初はVだ」

ようやく正気にかえったマリを全裸に剝き、コンドームを装着した昭彦は仰向けにさせたマリの上にのしかかった。

緊《きつ》く締めつけてくる柔襞。名器の部類だ。

「バイブを……」

言われて、再びLサイズのバイブを肛門から押しこんでやる。緊縮の度合いは一層強まり、さらに奥深くに入ってくると、薄い筋肉の膜を通してバイブの振動が伝わってきた。

「あうっ、あああ、いいいっ！」

マリはまた絶叫した。膣にペニスを、肛門にバイブを挿入されて同時に抉られるとき、彼女は最高の快感を味わうらしい。

（こりゃ、たまらん……！）

噴きあげそうになるのを堪えて、鏡の中の悦楽痴態に向けてストロボを焚く。それから一度引き抜き、今度はうつ伏せにしたマリの、排泄孔に挑みかかった。

「うー、ウーン。おおお、熱いわ……。ああっ、ドクンドクンいって……」

昭彦の肉根が菊襞の関門をおし分けて侵入してゆくと、マリはまたもや歓喜の声をはりあげた。弾力に富んだ臀丘の谷間の底、充分に深く打ちこみ、本腰をつかう。

「す、凄い……!」

昭彦も思わず驚嘆の声を洩らした。肛門性交というのは膣性交と感触がだいぶ違う。膣には皺壁――柔襞の走る内側の粘膜――があり、快感を覚えると奥も出口もどよめき蠢動《しゅんどう》する。そのために男の器官全体にわたって快美感覚を与えることが出来る。その点、皺壁のない直腸部は、膣のように微妙精細な感触がない。肛門部の括約筋の動きによる収縮感、緊縮感だけだから分《ぶ》が悪い。実際、好奇心から肛門性交を試してみて、「あまり面白くない」とやめてしまう男は多い。

しかし、充分に昂奮した女性の場合、子宮の収縮が直腸にも伝わり、全体にペニスを締めつけてくることがある。これまでいろいろな女と肛門性交を試してきた昭彦は、何人か、そういった体質の女性に出会った経験がある。マリもその一人だった。

(前も後ろも名器だ……)

昭彦は激しく昂《たかぶ》った。アヌスを犯しながらLサイズのバイブを手にとり、スキンをつけかえる。それを右手に持ち、秘唇から押しこんだ。シリコンゴムの筒が膣にめりこんでゆくのが、薄い筋肉と粘膜の層を通じてペニスに伝わる。

「ああっ、いや、いやあ、そんな……。あああ、うっ……！」

さっきと同様、アヌスと膣の双方を太いもので抉られた女体は、脂汗をべっとり噴かせながら悶え狂った。成熟した女体からなまなましい性臭が匂いたつ。

「ほら、狂え。よがり狂ってみろ」

ゴールに向かう馬に鞭を当てる騎手のように、昭彦は弾力に充《み》ちた肉に残酷なまでに肉茎を叩きこんでいった。同時にバイブのスイッチをフルパワーにして抽送する。

「あっ、ああっ、ウーッ、おおお！　死ぬう、死ぬ！」

あられもなくよがり声を迸《ほとばし》らせ、アッという間に女体は凄絶なオルガスムスに向かって跳躍した。透明な液が飛沫となってシーツに散った。二度、三度。激しい痙攣が昭彦の爆発を誘い、彼も夥《おびただ》しいエキスを噴きあげて果てた。

「すげえな、マリは……」

いつまでもヒクヒク蠢《うごめ》いている柔肉に名残を感じながら引き抜き、昭彦が言うと、腹這いにシーツの上に伸びてしまったマリは両手を顔で覆った。

「恥ずかしい……。こんなに感じさせられたのは、お客さんが初めてよ……」

常套句かもしれないが、娼婦にそう言われるのは悪い気持ではない。全身が麻痺したみたいになって、しばらく立ちあがれないマリの後始末までしてやった昭彦だ。

「いけね、あんまりマリのケツが具合よくて、写真を撮るのを忘れてた」

服を着る段になってそう言うと、マリは誇らし気に言ってのけた。

「そういうお客さん、多いですよ」

――セリナ、マリと二人の違ったタイプを試して、どちらも満足した昭彦は、それからは二、三日おきに『スタジオ幻夢』に通うようになった。

何より女の子の質が高いのが気に入った。マリのように熟れきったタイプからセリナのように少女の硬質さを残したロリータタイプまで揃っている。しかも、よく躾《しつけ》られていて熱心にサービスしてくれる。

それに、貸しスタジオを装って当局の目を盗んでいるもぐり営業だというところが、娼婦を求める昭彦にスリリングな快楽を与えてくれるのだ。

特に気に入ったのが、マジックミラーごしにショールームにいる女の子を選ぶ行為だ。娘たちの中には、膝立ちで頭の後ろに手を組むポーズをとらされているうち、ショーツの股布をぐっしょり濡らしてしまう者も少なくなかった。鏡の向こうから注がれる卑猥な視線で犯され、まるで売買される奴隷になったようなマゾヒスティックな快感に酔ってしまうのだろう。そういう娘たちの姿を見れば、買う方もサディスティックな昂りを覚えてしまう。

――昭彦がマネージャーの初枝を抱いたのは、通い始めてから二週間目ぐらいの頃だった。

その夜はカラオケ好きの取引先の重役を接待して、三次会までつきあわされた。ようやくハイヤーに乗せたのが二時過ぎ。酔いは半ば覚め、肉体も神経も疲れていたが、不思議なことに女を抱きたいという欲望がふつふつと湧いてきた。場所も六本木だ。タクシーを拾える時間までどこかで待つ、というのもバカバカしい。

（いかになんでも、もう誰もいないだろうが……）

『スタジオ幻夢』の営業は深夜一時まで、ということになっている。それでも一縷《いちる》の望みをかけて電話してみた。初枝が出た。

「まあ、これから……？」

含み笑いをした初枝のハスキーな声がさらに昂らせる。

「でも、女の子は皆、帰ってしまったんですよ。ごめんなさい」

すまなそうな声で謝るのを、昭彦は強引に粘った。

「いるじゃないですか、一人」

「え？」

初枝は一瞬、絶句した。それからさもおかしそうに笑った。

「あらあら、ご冗談でしょう？」

「冗談じゃありませんよ。つねづね初枝ママの魅力には圧倒されています。どうですか、一度でいいからぼくのモデルになってくれませんか。演技は好きなランクに合わせますから

「…………」

しばらく沈黙していた。ダメだと昭彦は思った。やがて躊躇《ためら》うように初枝が答えた。

「私みたいなおばさんでいいの？　あんまり自信はないのよ、体に……」

「よく熟したチーズも、ぼくは好きです」

「キザなセリフね、負けちゃうわ。……だったらとりあえず見ていただいて、それで決めて下さいな」

昭彦の心臓は躍った。

「五分で行けますよ」

「ドアは開けておきます。ショールームにいますからミラーから覗いて」

初枝は恥ずかしそうに言い、電話を切った。昭彦は駆けるような足どりで事務所に向かった。ドアに鍵はかかっていなかった。廊下は暗く、オフィスの照明も消えていた。昭彦は壁にかかっている山水画を横にずらした。

（む……！）

目にとびこんできた女体を見て唸った。

初枝はショーツ一枚になって、いつも他のモデルたちに命じているポーズ——股を開いた膝立ちのポーズで、中央のスポットライトを浴びていた。

ショーツの色は黒。彼女は自ら、トリプルXのプレイを望んだのだ。

さらけ出されているのは豊満で爛熟した女体である。

乳房はさすがにそれ自身の重みに堪えかねているが、醜悪な垂れ方ではない。乳首は濃い紫色を呈しているが毒々しいというほどではない。腹部の脂肪のつき方も誇張されすぎていない。熟女の妖艶な美で息づまるようなヌードを凝視して、昭彦は激しく勃起した。カウパー腺液がブリーフを濡らす。

わけても彼を驚かせたのが、裸身をさらけ出し視姦される羞恥と快感が入り交じったような初枝の表情だった。頬は上気し、乳首は膨らんでツンと尖っている。彼女は衣服を脱ぎ捨てて自分で選んだ黒いショーツを穿き、鏡に自分のヌードを映して待つうちに、激しく欲情してきたに違いない。

（マゾっぽいな……。案外その気《け》があるのかも）

昭彦は直観的にそう思った。

喉がカラカラなのを無理して声を出すと、少ししわがれた感じになった。

「感じるよ、初枝ママ。すごく色っぽいぞ。さて、そのパンツを下ろして、あんたの一番魅力的な部分を指で開いて見せてくれないか」

「あ、はい……、かしこまりました」

いつもは自分が廊下に立ち、モデルたちに指示しているのが、まったく反対の立場になっている。傲岸さを帯びてきた客の命令に、反抗する気配も見せず、うやうやしく答える声の語尾が震えているようだ。

「…………」

スルリと黒い下着を脱ぎ下ろし、片足から引き抜いた。それを片方の腿にまとわりつかせたまま、下腹を突き出すようにして秘部へと手をやる。

秘毛は縮れ具合が強く、しかもよく繁茂している。菱形に秘丘を覆い尽くし、上へ伸びた端は臍《へそ》の下の方まで達している。

「……どうぞ、ご覧になって下さい」

いつもモデルたちにかけている力強さが嘘のようなしおらしい口調で言い、やや俯き加減になった頰を上気させて指でくさむらを掻き分け、大ぶりの秘唇を露《あら》わにした。

(濡れてやがる)

濃いセピア色した肉の花弁はたっぷりしたボリュームがある。その奥のサーモンピンクの粘膜が、スポットライトの光を受けてきらめいた。秘唇の内側はすでに蜜液で濡れそぼっているのだ。昂奮している証である。

「よし、分かった。あんたに決めたよ。たっぷり恥ずかしいポーズを撮ってやるから、さあ、出てくるんだ」

その夜、Aスタジオでプレイをした昭彦は、結局家に帰らず、泊まりこんでしまった。

黒いランジェリー、ガーターベルトにストッキングを穿かせ、西洋の娼婦のように装わせた初枝に、考えられる限りの猥褻なポーズをとらせ、自分で自分を汚す行為を強制し、口、膣、肛門の三個所で快楽を味わい、たっぷりと男の精を噴きあげたのだ。三度も。

「料金なんかどうでもいいわ。お金なんか要らない！　もう一度、辱めて！」

初枝は、最後にはそう叫び、自分からすすんで彼のペニスにむしゃぶりついて奉仕してくれたのだ。

「いいのかい、ママさん。こんなメロメロ大サービスしちゃって」

さすがに最後はぐったりした昭彦が、腕の中でオルガスムスの余韻を味わっている熟女の耳に囁《ささや》いてやった。初枝ははにかむように笑った。

「たまには、私も楽しませてもらわないと……。いつも、お客とモデルが楽しんでるのを見てるだけだから……」

「嘘つけ。これだけの体だ。男なしじゃ生きてゆけないはずだ」

「それがねぇ……」

和室にのべた蒲団の上で、二人の汗をたっぷり吸ったシーツの上に腹這いになった初枝は、昭彦が軽く臀部を叩いてやると、重たげな肉丘をぶるんと揺らした。

「ああン、叩かないで……。子宮に響くの」

「いいじゃないか」

もう一度、叩く。今度はもっと力を入れて。濡れた臀丘がバチッと小気味よい音をたてた。

「ああー、お客さま。当店ではＳＭ行為は謹んで下さい」

そう言いながらも、抵抗したり逃げたりする気がぜんぜん無い。

「これはＳＭじゃない。お仕置きだよ。おれの質問にちゃんと答えないと、もっと叩いてやるぞ……」

「いやよお、そんな……。痛いことはやめて」

口ではそう言いながら、次の打撃を待つように尻を持ち上げた。腿を開いた。いま犯しぬいたばかりで、めくれあがったようなアヌスがまる見えになるぐらいに。

「話せよ、嶋田初枝の男は誰だ」

バチーンと音が響き渡るほどに打ち据えると、

「むーん……！」

切なく呻き、しばらくの間、苦痛を堪えるようにモジモジとヒップをくねらせている。拭ったばかりの秘唇からまた、愛液が溢れて内股を濡らした。

（やっぱりマゾだな、本格的な……）

昭彦は確信した。

それから数発、臀部を思いきり打擲《ちょうちゃく》されて、初枝は仕方なくという態《てい》で自分の男関係を白状した。

——初枝は三年前までは普通の会社員の妻だった。女の子も一人いる。郊外の団地におとなしい夫と暮らす、まったく平凡な主婦だったという。

彼女の運命を狂わせたのは、家計を少しでもラクにしようと思って始めたパート勤めだった。最初は近所の商店街にあるスーパーでレジをやっていた。そのうち「あんたみたいな美人がレジじゃもったいない」と誘われ、都心から進出してきたスパゲッティ専門の店にウェイトレスとして引き抜かれた。勤務時間は正午から午後四時までだったが、時給はそのあたりの平均よりずっとよかった。

そのスパゲッティ専門店を経営していたのは、総会屋としてかなり有名な松崎源太郎という男だった。どの暴力組織にも顔がきき、地上げや会社の乗っ取りなど、ダーティな経済行為で私腹をこやしてきた男だ。

その彼が、自分の経営しているチェーン店の一つに立ち寄ったとき、そこで働いている人妻のウェイトレスにひと目惚れした。

彼女は露骨な誘いを受けた。

「おれと寝たら、十万円やる」

最初は断っていたが、何度も何度も執拗に誘われるうち、心が揺れた。金額が二十万円になったとき、彼女は承諾した。

「彼に初めて抱かれたのは、実は、この部屋なのよ……」

赤く腫れあがった臀部を撫でさすりながら、陶然とした表情を隠さない初枝が白状したとき、昭彦は仰天してしまった。『スタジオ幻夢』があるこのビル、六本木第一共同ビルは、なんと源太郎が所有しているのだ。

「彼は都心に、こういったビルを何軒か所有しているの。まあ、たいていの部屋は人に貸しているけど、幾つかは自分用。何か役に立つような女がいれば、妾にして囲うし……」

最初は紳士的だった松崎源太郎だが、一度、初枝をモノにすると本性を剝き出しにしてきた。彼はサディストだったのだ。

初枝を全裸にして縛りあげ、秘毛を剃り落とし、全身に熱蠟を浴びせ、鞭で打ちのめした。何度も気絶するような苦痛と汚辱を与えながら、自慢の巨根で抉りぬき、彼女にそれまで味わったことの無い凄絶な、それでいて全身が溶け崩れるような甘美なオルガスムスを与えた。

「おれの女になれ。亭主も娘も捨てろ」

三日三晩責め抜かれ調教され、マゾの快楽に目覚めさせられた初枝は、ついに屈伏した。おとなしい夫は、源太郎に呼び出されて目つきの悪い男たちにとり囲まれ、「おまえの女房はおれが貰った」と告げられると震えあがった。命じられるままに離婚届けにハンを押した。その代償は二百万円の札束だった。

「心配するな、おまえの娘は一生ラクをさせてやる」

源太郎は初枝にそう確約した。その言葉に嘘はなかった。初枝の娘のさやかは、今、入学が極端に難しい名門私立中学に通っている。源太郎がコネを使って入れてくれたのだ。

初枝はただ単に、松崎源太郎の性奴として飼われたわけではない。彼は巨額の利益をもたらす風俗産業に目をつけ、そのときすでに、幾つかの売春クラブを経営していた。そして、あらたにSMクラブをやろうと考えていたところだった。

初枝は、いま昭彦といるこの部屋に住まわされ、まずSMクラブに、マゾ奴隷として勤めることになった。むっちり熟れた肉体を持つ初枝には好色で嗜虐趣味を持つ男たちが群がった。源太郎もときどきやってきて、気がすむまで彼女を責めなぶって行った。

そうやっていろんな男たちと接しているうち、自分でも驚いたことに、抜群のサービス能力を発揮するようになった。どんな倒錯した欲望を持つ男も、彼女とプレイするとすっかり満足して帰ってゆく。源太郎は満足した。

「おれの睨んだとおりだ」

彼があちこちで女たちをモノにしてゆくのは、一つは売春部門を任せる人材の発掘という名目があったのだ。

一年後、そのSMクラブを任された。客にもSM嬢にも信頼される初枝は、すぐに大変な利益を源太郎にもたらした。もちろんオフィスにいるだけではない。求められれば積極的に客とのプレイにも応じた。

やがて彼女は、何軒かの売春クラブを任されるまでになった。

ところが一年前、松崎源太郎は心臓発作で倒れた。言語中枢をやられ再起不能の身になってしまった。

後継者である息子は有名大学を出て、社会的にもさまざまな肩書きを持ち、父親のような虚業ではなく名実共に堅気の実業家をめざしていた。フードチェーン、不動産、金融部門などはともかく、風俗産業、特に違法な売春クラブなどは目ざわりでしかない。

切り捨てるにあたり、これまで父親の性的な秘密を握っている初枝の処遇をめぐっていろいろな交渉が行なわれた。結局、このビルの中の数室を譲渡してもらうことで、初枝は松崎源太郎とその一族から離れた。

「なるほど。それで、この『スタジオ幻夢』を始めたわけか」

昭彦は頷いた。これだけの一等地だ。地価も家賃もべらぼうに高い。そこに何部屋も借りて営業するというのは、コストがかかりすぎる。初枝はオーナーでもあるのだから、自分の財産を活用しているわけだ。

「じゃあ、ママの男関係は、今はどうなっているんだ」

「松崎が倒れてからは空き家よ。この『スタジオ幻夢』を軌道に乗せるのに必死だったから……」

『スタジオ幻夢』のアイデアは、源太郎から幾つかの売春クラブ、SMクラブを任されて、男たちの欲望を見ているうちに考えついたという。

日本と西欧では、セックス産業の形態が違う。

料理にたとえれば西洋のはアラカルト、日本のは定食形式——と、よく言われる。ソープランドがその典型だが、中に入った男性は完全に、娼婦であるソープ嬢にコントロールされる。見た目には欲望の限りを尽くせるようでいて、実は、あらかじめ用意されていたメニューをこなしてゆくだけだ。娼婦が最後までリードし、客の希望はほとんど無視される。

一方、西洋の娼婦は、特に高級な娼婦になればなるほど、客の好みに合わせて応対してくれる。体位はもちろん、そのときにつける衣裳、どんな小道具を使うか、どんな演技をしてもらいたいか、一人一人の客に合わせて、くどいぐらいに趣味嗜好をさぐり出して、満足させてやる。

その方式を日本で最初にとり入れたのは、あまり知られていないことだが、SMクラブ——特に男性がMになるクラブだった。

マゾヒストの男性というのは性的なものに対するこだわりが非常に強い。「女であればどんな女でも」というわけにはゆかない。だから彼らは、一つのクラブで満足することなく、多くのクラブを「永遠の女王さま」「理想の女王さま」を探して転々とする。

クラブの方でも、女王役の女性が決まりきった演技——鞭で打ち、蠟燭で責める——でサービスするだけでは飽きられる。初枝はそういった倒錯趣味の男たちと接して、彼らを満足させるためには定食方式から、一人一人の好みに応じたアラカルト方式にするしかない、と悟った。それ以来、彼女が任された他の売春クラブでも、常に客と話しあい、女性の好みから衣裳の好み、どんなシチュエーションが一番昂奮するかを聞き出し、その欲望を出来るだけ満足させてやることにした。

しかし、毎回、毎回、一人一人の客と話しあい、面倒を見てやるのは大変なことである。

そこで、スタジオの中でモデルに演技させ、それを撮影する——という形態を考えた。

このスタジオ方式だと、客は自分の幻想、妄想をたやすく実現できる。

セーラー服趣味の男性なら、まずセーラー服の似合うタイプのモデルを選び、さまざまなセーラー服の中から好みのものを着せることが出来る。さらに、自分が考え出したシチュエーションの中でモデルを演技させ、現実に女子高生を相手に淫らな行為に耽《ふけ》ったような体験を味わえる——。

今までの風俗店では、指定出来るのは風俗ギャルのタイプだけだった。その女性の言いなりになって決まった手順で射精に至るしかなく、脱線は許されない。そういった窮屈さを不満に思っていた男たちは、この『スタジオ幻夢』に来て、これまで満たされなかった欲望を充足することが出来た。たちまちのうちに口コミで伝わり、まったく広告らしい広告をしていないのに、三つのスタジオはフル回転という毎日だ。

さらに、この方式だと素人っぽい女性をスカウトするのがたやすい。

「ふつうの風俗ギャルやヌードモデルさんと違うのよ。あなたはスタジオの中で、お客の希望する女性になる。つまり女優ね。スタジオの中ではこれまでのあなたと別人になり、別の世界で過ごす。舞台の上の女優が実際の人生と違った人生を歩むのと同じ。そして、その演技に対してギャラが払われるの」

これはと思った娘たちを口説くと、十中八、九、誘いにのってきた。一種の娼婦なのに、A演技とかV演技などと呼ぶだけで、売春行為ではないと自分自身を納得させて働きだす。モデルたちを三つのランクに分け、最初はシングルXから始めさせたのも、初枝のアイデアだ。最初は「口だけでなら……」と、娘たちはあまり抵抗なく〝演技〟する。しかし、次第に「演技なんだから、もっとギャラのもらえるダブルXでもいいかしら……」と思うようになる。控え室にいれば、トリプルX、ダブルXのモデルたちにバンバン客がつき、お金をどんどん稼いでいるのを見る。そのうち、最初抱いていた本番行為への抵抗感は薄れてしまう。

(なんとまあ、巧妙な……)

初枝はよっぽど心を許したのか、『スタジオ幻夢』の内情を詳しく打ち明けた。それを聞いて昭彦は舌を巻いた。

翌朝、熟女の体をたっぷり堪能した昭彦を送り出しながら、初枝は熱っぽく囁いた。

「これからも私を指名してくれたら嬉しいわ……。でも、それは十回に一度でいいの。そのお返しに、お店のほうでは出来るだけ便宜を計るから……」

婀娜《あだ》っぽく笑ってヒップをくねらせ、黒く薄いパンティに包まれたむっちりした臀部を自分で撫でてみせた。

「便宜って……？」

そ知らぬふりをして訊いてみる。

「ふふふ。ここを叩くの。好きなんでしょ？　スパンキングが……」

昭彦は苦笑した。さっき彼女を白状させようと思い、軽く尻を叩いた。初枝は敏感に、彼がスパンキングに固執していることを見抜いてしまった。

「さすがは元ＳＭ嬢をやっていただけあるね。でも、この店はＳＭ的なことはやらせないんだろう……？」

「まあ、一応はそうなってるけど、徐々に、ＳＭもとりいれてゆこうと思っているの。とりあえずは軽い緊縛、スパンキングなどをオプション演技の中に入れてゆこうかと思って……」

初枝は、これまで秘密にしていた『スタジオ幻夢』の発展計画を打ち明けた。

「ゆくゆくは、パートＩとパートⅡの二つに分けようと思っているの。パートＩは初心者向けで、せいぜいダブルＸまで。パートⅡの方はトリプルＸで揃えて、そちらの方はＳＭから獣姦にいたるまで、どんな好みにも応じるモデルで揃えるの。だから、パートⅡ要員というのを養成中なのよ。佐野さんのような人には、そういう子の訓練をお願いしたいわ……」

無料というわけではないが、普通の料金で倍、楽しめるようにしてあげると言われ、昭彦はほくそ笑んだ。

（こいつは、得な取引だ……）

第四章　脅迫者からの愉悦電話

そうやってすっかり常連になりきった頃、たまたま体が空いた日に『スタジオ幻夢』を訪れた。

いつもどおりマジックミラーごしにモデルたちを眺める。

その日、ショールームには六人の娘がいた。

白いショーツが三人、赤いショーツが三人。今日はトリプルXの子はいない。

別に失望はしなかった。シングルXでもダブルXでも、昭彦はそれなりに楽しむコツを会得してきた。特に、初枝から「パートII要員を養成するのを手伝って下さらない？」と言われて、入ったばかりのシングルXの、ういういしい子をさまざまにいたぶる快感も捨てがたい。

だから、すぐに白いショーツの娘に目がいった。二人はすでに楽しんだ子だ。一人が新顔だった。

その娘を眺め、昭彦は少しギョッとした。

(千穂に似ている……)

千穂とは、彼の姉の娘——姪である。

姉の幸代は、昭彦より六歳上で、今年四十一だ。娘の千穂は去年、高校を出て社会人になった。今年、成人式を迎えた——というから二十歳になったわけだ。

いま、モデルたちのショールームの一番右端にいる白いショーツの娘は、その千穂にそっくりだった。

(そんな馬鹿な)

昭彦は別人だと確信した。姪の千穂が、こんな所にいるわけがない。

千穂は、他ならぬ昭彦がいるブルゴン商事に勤めているOLなのだ。女子の一般職に関しては縁故採用が原則なので、昭彦が社内保証人になって去年入社させた。

千穂は経理部に配属された。ブルゴン商事の管理部門は本社ビルにあり、昭彦たちの営業本部とは建物が違う。姪とはめったに顔を合わせることがない。

(それにしても、そっくりじゃないか……)

まじまじと見つめた。

姪の千穂は母親に似て日本的な顔立ちだ。やや面長、切れ長の一重瞼、少し尖った顎。唇は母親の方が強い意志を秘めているのに反して、娘の方は少しおちょぼ口といった感じで、それが可憐さを生み出している。全体的な印象としては整った端麗な顔立ちだが、強くアピールする部分がないだけに損をしている。現代的でキュートな印象の娘が多いと、控え目な性格でどこか茫洋とした雰囲気をもつ千穂は、会社の大勢のＯＬの中に埋没してしまう。

実際、彼女に対して男性社員が積極的に近づいてきた——という話はきかない。

今、目の前にいる娘は、ほとんど同じ顔立ちだが、もっと艶やかで瑞々しいお色気を発散させている。すらりとしてプロポーションのよい体だ。千穂のヌードは見たことがないが、こんなに均整がとれていただろうか。椀型に盛り上がった乳房といい、白く滑らかな肌といい、遊び慣れた昭彦の好き心をそそらずにはおかない体だった。

髪は背にかかるワンレングス。この前会ったときの千穂はショートだった。化粧も濃い目のアイシャドウに、真紅のルージュも挑発的だ。千穂はいつも、ほとんど化粧っ気がない。

だから、この娘は千穂ではない。

（もっとも、姪にそっくりの子をもてあそぶのも面白いか……）

そんな背徳的な刺激もあって、昭彦は彼女を指名する気になった。

綺麗に剃りあげた腋窩をさらけだすようにして頭の後ろで両手を組み、胸をそらせて桃色の乳首をツンと尖らせて宙に向けている娘は、羞恥を堪えているような気配が濃厚だ。

（濡れているな）

股布の部分にシミが広がりつつある。自分がいま、見知らぬ男の視線に晒《さら》されていると自覚していて、そのことで子宮が刺激されているのだ。

（ますます、いい）

乗り気になったとき、意外なものが目についた。左腕の肘《ひじ》の少し上に、僅かだがメスの入った痕跡がある。

（えっ⁉）

見つめなおした。間違いない。

千穂は四歳のとき、擦り傷が化膿して簡単な手術を受け、三針縫った。そのことは、たまたま姉の家に遊びに行っていた昭彦が病院へ連れていったのだからよく知っている。

まじまじと観察しなおし、やっと千穂本人なのだと分かった。髪型と化粧のせいで惑わされたのだ。長い髪はヘアピースなのだろう。そして上手に化粧している。

ショックだった。

特殊な鏡に遮られて、自分の姿は向こうからは見えない。それを知っていながらも思わず後ずさりしてしまった昭彦だった。

（まさか……⁉　なぜ？　どうしてあの子がここに……⁉）

頭が混乱した。

「佐野さん、あの子がお気に召しました？」

彼の視線の行方を追った初枝が、白い下着一枚の娘を見て訊いた。彼の傍《そば》、体温が感じられるぐらいの距離に立っている熟女ママの手は、彼の股間に伸びてズボンの上からふくらみを撫でている。

「えっ、いや、その……。まあ……」

「愛子ちゃんっていいます。ＯＬなので週末だけしか来られないの。今日はたまたま代休がとれたのね。ひと月前に入ったけど今日で三回目か四回目の、まだウブな子よ。指名します？」

「あ、いや、それは……」

昭彦は狼狽した。同時に激しく昂奮もしていた。

少し考えてから首を横に振った。

「いや、今日はよそう」

「お気に召しません？」

「違うんだ。ちょっと用事を思い出してね、プレイしてゆく時間がない」

「あらあら、せっかくいらしたのに残念ねぇ。愛子ちゃんなんか、ぜひ佐野さんの特訓を受けさせたかったのに……。息子さんもこんなになってるのに……」

昭彦はボーッとした状態のまま、そそくさと事務所を出た。

少し歩いた所の喫茶店に入り、コーヒーを呑んでようやく落ち着いた。

(だけど、信じられない……。あの、おとなしいまじめな千穂が……)

千穂は赤ん坊のときから成長を眺めてきた娘だ。性格も熟知している。あまり社交性のない、まじめでおとなしい娘だった。そんな、この世の中で一番、風俗ギャルと遠い存在だった姪が、なんと行きつけの売春クラブに勤めていたのだ。その事実を受け入れるのには少し時間がかかった。

(だけど、どうして今どき、ここにいるんだ? ママは代休だと言ったが)

不思議だった。ともかく携帯からブルゴン商事の経理部に電話してみた。男性の社員が出て、経理部のOLは、決算明けで全員が代休をとって休んでいる——と答えた。

(そうか、経理だけの代休なのか)

今度は姉の幸代に電話してみた。姉は数年前に新聞記者だった夫を亡くしてからその保険金で小さなブティックを青山でやっている。家は川崎だ。姓は佐野に戻った。「銀行や堅い会社には片親だと入れない。何とかならないか」と彼女に相談を受け、それでブルゴン商事を受けさせたのだ。

「あら、昭彦さん？　どうしたの？」

ブティックで姉は捕まった。

「ちょっと聞きたいんだけどね、千穂は今日どうしているかな？」

「千穂？　何か用があるの？」

「ええ、まあ……。その、友人の娘が経理の学校に行きたいっていうんで、千穂なら何かアドバイスが出来るんじゃないかと思って。経理にかけてみたら、今日は代休だっていうから」

口から出まかせの説明を姉は疑わなかった。

「それは残念ねぇ、私もさっきアパートに電話したけど、留守にしてるみたいよ」

「アパート？」

「あら、いやだ。あの子言わなかった？」

幸代の説明では、娘の千穂は最近「弟の邪魔になるみたいだから」と言って、しきりに家を出たがり、結局、二週間前に大森にあるアパートに引っ越したのだという。弟の翔はいま中学三年生。高校受験を控えて夜遅くまで机にしがみついている。

「そうだったのか……。いや、おれも得意先回りが多いから、連絡がとれなかったんだろう」

「遠くないから、ときどき食事に来たりしてるけど、一人暮らしをエンジョイしてるみたい」

この母親は娘の引っ込み思案の性格を直そうと、ずいぶん躍起になったものだ。ようやく一人立ちした娘のことであまり心配していない。風俗ギャルとつきあった経験からいえば、若い娘が家を出、アパートの一人暮らしをしたときから堕落が始まる。

「ひょっとしたら、彼氏でも出来たのかな」

「それはどうかしら？　あいかわらず化粧っ気はないし、お色気はないし。まあ、週末になると学校時代の友達と遊びに行ったりして、アパートにいないことが多いけど、夜にはキチンと帰ってるわよ。同じ会社なんだもの、そっちの情報はあなたの方が早いんじゃない？」

「おれも聞いてないけどね、ほら、ビルが違うと会社で会うこともめったに無いし」

電話を切ってから、昭彦は顎を撫でてしばし考えた。

千穂のアパートは風呂つきのワンルームマンションタイプで、家賃は五万円だという。幸代は疑ってないが、あのあたりではそんなに安く借りられるだろうか。

（一人暮らしをしたいために、風俗ギャルを始めたのだろうか……）

首をひねった。昭彦が考えている千穂は、そんな軽佻浮薄《けいちょうふはく》な子ではない。どっちかというと一つのものごとを真剣に考えこむようなところがある。

(しかしまあ、現実に他の男の前に裸をさらし、秘部まで見せ、フェラチオをして喜ばせてやってるのは事実なんだ……)

そのことを思うと、再び激しい欲望を感じないわけにはゆかない。

姪であった千穂には、彼は性的な欲望を感じたことはない。それなのに、風俗ギャルになったと分かった瞬間から、千穂に対する欲望がふつふつと滾《たぎ》りだした。

(こうなったら、会ってみるか)

昭彦は決意した。彼女が『スタジオ幻夢』に勤めるようになった経緯をどうしても知りたくなった。そして、どんな体験をしたのかも。

――翌日、会社が終わる頃になって昭彦は経理課の千穂に電話した。

「はい、佐野ですが」

電話口で答える声が、どことなく緊張しているようだ。まだ、こちらが誰か告げていない。

「もしもし、叔父さんだよ」

「叔父さま？　ああ……ご無沙汰してます」

ホッとしたようだ。

(恋人からの電話が入るのを待っていたのか？)

そんな疑念が湧いた。

「いや、最近ぜんぜん顔を合わせていないからね、姉さんからも『ちゃんと目をつけといてくれ』って叱られてさ……。最近、アパート暮らしをしたんだって？」

「何のご用ですか？」

「ああ、連絡が遅れてごめんなさい。おじさま、なかなか捕まらなくて……」

「まあ、それはいいんだ。そのことでもちょっと話したいこともあってね……。どうだい、帰りにどっかで食事をするというのは？」

千穂は承諾した。まさか叔父に自分のアルバイトを知られたとは夢にも思っていない。最後まで屈託のない口調だった。

会社が終わった後、有楽町まで出てイタリア料理店に入った。

今日の千穂は、通勤用の紺のブレザーコートに黒いタイトスカート、薄いピンクのブラウスといった地味な装いだ。いわゆる風俗ギャルのハデさは感じられない。化粧もいつもどおりで素顔に近い。髪はもちろんショートボブだ。

しかし、タイトスカートはかなり思いきったミニで、椅子に座るときに白いものがスカートの奥でチラリと見えた。黒いストッキングに包まれたむっちりした腿は、叔父の目ではなく男の目で見ればなかなか肉感的だ。顔も、昔のような凡庸さが薄れて、イキイキと輝いているようだ。化粧っ気は薄いが肌はツヤツヤとして瑞々しい。娘ざかりのエロティシズムが全身から匂うようだ。

「どうしたの、叔父さま？　そんなに見つめて……。何かついてる？」

千穂は叔父にしげしげと見られて少し照れたような、落ち着かない笑いを浮かべた。

自分より十五歳年上の叔父である昭彦に、彼女は子供の頃からなついていた。思春期になってからは、一歩距離をおくようになったが、それはたぶん良妻賢母型の妻と離婚したからだろう。それでも何かと相談を受けたものだ。父親を小学校の頃に亡くしたから、父親がわりだったのだ。昭彦は、自分の子供より千穂の方を可愛がったかもしれない。

料理が終わったあと、昭彦はきりだした。

「実はね、千穂。今日、おまえと会ったのは、他でもない……昨日、意外な場所でおまえを見掛けたからだ」

「えっ……!?」

デザートを食べようとしていた手が止まり、目が、飛び出しそうなぐらいまん丸になった。

「六本木の『スタジオ幻夢』だよ」

「…………!」

片手で口を覆った。驚愕、羞恥、不信、疑惑……さまざまな感情が顔に現れた。

「ぼくもね、独身だし聖人君子ではないから、いろんな所に顔を出す」

「じゃ……」

昭彦は頷いた。

「そうだよ。あそこは最近よく行く。ハッキリ言うと常連だな」

「だったら……昨日、三時頃に？」

「そうだ。気がついたか？」

「ええ、鏡ごしに聞こえる話し声が、何かおじさんに似てるな、と思った。でも、まさかほんとに叔父さんだなんて……」

両手で顔を覆ってしまった。混乱している。しくしく泣き出した。

「ばか、泣くことはない……」

「だって……」

「別に悪いことだとは言ってない。叱るために呼び出したわけでもない。おれに千穂を叱るとか、説教する資格なんかない。あそこの、おまえと同じ年頃の娘と遊んでいるんだからな。ふしだらな男だ」

「……」

少しグスグスしていたが、泣くのをやめて彼の顔を見つめた。

「じゃあ、どうして私を呼んだの？」

「まあ、社内保証人でもあるし、その立場上、経緯《いきさつ》を知りたいからね。分かるだろう？　千穂があああいう所で働くなんて、信じられなかったからね……。それに、身の上が心配だ」

「そうでしょうね……」

しばらく下を向いていたが、やがて決心したように口をきった。

「これまでのこと、みんなおじさんに言うわ。私だって誰かに相談したかったし……。でも、このことを内緒にして下さる？　ママや会社に？」

「もちろん」

安心した表情を浮かべると、うら若いＯＬは『スタジオ幻夢』で働くようになった経緯を叔父に打ち明けた——。


ことの起こりは、二カ月前にさかのぼる。そのころ、昭彦はワインの新規輸入元開発のために、フランスとイタリアを回っていた。

ある日、昼休みの十分前に千穂のデスクの電話が鳴った。

「佐野千穂か？」

しわがれた声だった。喉の病気を患っているのかと思ったが、間もなく、声の特徴を殺すための作り声だと分かった。

「はい、そうですが」

その声は千穂にこう告げた。

「これは脅迫電話だ」

あっけにとられた。誰かがふざけているのだと思った。

「冗談はやめて下さい」

「冗談ではない」

男はぶしつけな言葉遣いで続けた。

「おれはおまえのヌード写真を持っている。いつ撮られたか、思いあたるはずだ……」

心臓がとまるような衝撃。

「思いあたるだろ？　よく撮れているぞ、ヘアーの一本一本までな……。それをバラまかれたいか？」

千穂は思わず悲鳴のような声を出してしまった。

「あなた、誰？　誰なんですか⁉」

男は語気を荒らげた。

「誰でもいい！　この写真をバラまかれたくなかったら、おれの言うとおりにしろ」

「……どんなこと？」

「おまえの、今穿いているパンティをよこすんだ！」

「えーっ……!?」

千穂は耳を疑い、絶句した。かまわずに男はしゃべり続ける。

「昼休みの間に七階の第二資料室に行き、机の上にパンティを置いてこい。言われたとおりにしないと、焼き増ししたヌード写真を全社員に配る。恥ずかしい思いをしたくなかったら誰にもしゃべるな」

電話は一方的に切れた。しばらくの間、千穂は呆然としていた。

「思いあたるはずだ」という出来事は、確かにあった。

たぶん、先月の社員旅行で盗み撮りされたに違いない。

(あんな写真をバラまかれたら、生きていられない！)

千穂は唇を嚙みしめた。

――ブルゴン商事の総務、経理、財務部門は年に一度、慰安旅行を行なう。今年は伊豆の修善寺で、大きな温泉旅館に泊まった。

女湯にも露天風呂があった。生来恥ずかしがりやで、同性の目にも裸を見られるのが好きではない千穂は、全員が上がる頃になって入浴した。だから、湯に入った後、脱衣所にゆくと誰もいなかった。

体を拭ってから脱衣籠のパンティを穿こうとしたとき、パッと青白く眩しい光を浴びせられた。

（えっ、何？）

しばらくキョトンとして、素っ裸のまま立ちすくんでしまった。

ふと見ると、庭に面した曇りガラスの窓に覗けるほどの隙間が開いていたのに気づいた。誰かがその隙間からカメラのストロボを焚いたのだ。外の植え込みの向こうでガサガサという音が遠ざかる。

（痴漢……！）

心臓が飛び上がった。羞恥とショックで気が遠くなりそうになった。

覗き魔は女性脱衣所の窓の下の植え込みに隠れて覗いていたに違いない。千穂がパンティを穿こうとして片足を上げた一瞬を狙ってストロボを焚き、シャッターを切った。たぶん彼女の秘部はモロに写されてしまったはずだ。

（ど、どうしよう⁉）

しばらく途方にくれてしまった千穂だ。結局、誰にも言わないことにした。

もともと引っ込み思案で羞恥心が強い。盗撮された確信も無かったし、騒ぎたてれば同僚たちの卑猥な好奇心の的になる。

（あのときは、うちの会社ばかりでなくいろんな宿泊客がいたから……）

そうも思っていた。しかし、いまの電話は明らかに社内からだった。

ということは、伊豆の温泉で盗み撮りした犯人は間違いなく慰安旅行で一緒だった男性社員で、その男が湯上がりのヌード写真をネタに脅迫したわけだ。

――昼休み、そろって昼食に出る同僚たちに「気分が悪いから」と告げ、千穂はオフィスに残った。心は千々に乱れている。自分の一番恥ずかしい部分を包んでいた下着だ。見られるのでさえ恥ずかしいのに、それをむりやりに提供させられる――というのはもっと恥ずかしい。

社内での相談相手としては、入社するときに面倒を見てくれた叔父の昭彦がいたが、営業部門のビルは離れているうえに、今は出張中だ。他に、恥をしのんで相談できるような相手はいない。

（仕方ないわ、ヌード写真をバラまかれるよりは……）

唇を嚙んで決心した。そうっと七階へ上がった。

七階は管理部門の会議室、応接室、資料室、備品倉庫などがあり、常時、人がいる部屋は少ない。昼休みはどこよりもガランとなる。

トイレの個室に入り、制服のスカートをまくりあげ、パンストと一緒にパンティを脱いだ。

パンティはその日の朝に穿きかえたばかりの、白いビキニだった。コットン素材で、小さなリボンの他は何も飾りがないシンプルなものだ。穿き心地がいいので愛用している。排卵日を過ぎるとおりものが多く、かなり汚れるものだが、その日のパンティはほとんど汚れも目だたない。千穂は何となくホッとした。分泌物や尿で汚れきった下着をさし出すというのは、さらに屈辱的なことだ。

若い娘の匂いがしみこんだそれを社用の書類封筒に入れ、あらためて素肌にパンストを穿くと、トイレを出て第二資料室へ向かった。

第二資料室とは、社史編纂のための資料を保管している小部屋である。経理課の千穂には縁のない部屋で、入るのは初めてだった。

鍵はかかっていなかった。おそるおそるドアを開けると中は真っ暗だった。人の気配は感じられない。手さぐりで壁のスイッチを見つけ、天井の蛍光灯をつける。

六畳ぐらいの窓のない部屋で、壁は本棚と書類用ロッカーが占領している。中央に事務用の机が一つ。その上に電話機が一台。実に殺風景な部屋だ。空気は埃と黴《かび》の匂いがした。

ほとんど物置に近い部屋なのに机と電話機があるのは、月に一度ぐらい、社史編纂にあたる嘱託の老人が資料整理にやってくるからだ。その姿を千穂も二、三度見たことがある。

千穂はパンティの入った封筒を机の上に置いた。

周囲に人の気配はないが、誰かがどこかで見つめているような気がして、恐怖心が急にふくれあがった。明かりを消すのも忘れて部屋を出、走って自分の席まで戻った。しばらくの間、心臓の動悸がおさまらなかった。

（誰だか分からないけど、あなたの欲しい物はあげたわ。もう、いじめないで……）

千穂は心の底から願ったが、脅迫者は翌日の昼近く、また電話をかけてきた。

あいかわらずゼイゼイという作り声だ。

「確かにおまえのパンティを貰った。だがな、おれはもっと汚れたやつが欲しいんだ。つまり、おまえのラブジュースでベトベトになったやつが……」

気が遠くなりそうだった。

「卑怯よ……。写真を返して私をほうっておいて！」

「希望の物をよこしたらな」

男はいやらしく笑った。

「昼休みにもう一度、第二資料室に来い。電話機がある。中に入っておれの電話を待て。もし来なかったら……」

昨日手に入れた千穂のパンティの写真とヌード写真をセットにしてバラまく――と男は脅した。千穂は震えあがった。

「電話で話すだけだ。心配なら内側からロックして閉じこもっていろ」

男はそう言って切った。

最初の脅迫に簡単に屈伏したのがいけなかったのかもしれない。すでに汚れたパンティを渡してしまっている。誰かに相談するとしたら、その事実を告げなければいけない。恥ずかしい。

昼休みになると、彼女はまた第二資料室に向かった。

今日も誰もいない。中に入ってみると、男が言うようにドアの鍵は内側からもロックできるようになっている。少し迷ったがロックした。

昨日、机の上に置いたパンティは姿を消していて、かわりに雑誌が一冊置かれていた。

(えーっ! なに、これ!?)

表紙をひと目見ただけで千穂は顔が赤くなった。えげつないポーズの裸女の写真だ。タイトルは『見られたがりCLUB』——アダルト投稿写真誌だった。

千穂は好奇心をそそられ、つい手にとってみた。

「うわ」

驚いた。想像を絶するような卑猥な写真が目に飛びこんできたからだ。

投稿写真誌というのは、男性たちが自分の妻や恋人、あるいは行きずりにナンパした女性たちのあられもない姿を撮った写真で埋められている。

女たちは進んでヌードや秘部をレンズにさらしている。全裸の大股開きやオナニー姿など序の口で、放尿しているもの、フェラチオや交接している写真もある。中には二人の男に口と膣を犯されている主婦らしい写真もあった。

共通した特徴は、ほとんどの女性が、すすんで痴態をさらけだしている、ということだ。野外でスカートをめくりあげ、パンストごとパンティを脱ぎ下ろしている若妻、ラブホテルの浴槽で全裸で放尿している女子大生、どこかの高校の教室の片隅でセーラー服のスカートをまくりあげて白いパンティの股間のシミを見せつけている女子高生……誰もが屈託のない笑みを見せている。もちろん羞恥の表情を見せているもの、顔をそむけているもの、緊縛されて露出を強制させられているものもある。そのどれからも、痴態を見られる歓びのようなものが発散している。

最近は、こんなふうにして露出願望を満たしている女性が少なくないのだが、初めて見た千穂にはショックだった。

（信じられない……。撮る方も撮られる方も……）

性的体験の少ない千穂は、頭がクラクラして膝がガクガク震え、立っていられなくなり、椅子に腰を下ろした。その途端、ルルルル！

いきなり机の上の電話が鳴った。不意をつかれたＯＬは飛びあがった。受話器をとると、あのしわがれ声がいやらしく囁きかけてきた。

「どうだ、面白い雑誌だろ？」

「えっ、何のことですか!?」

狼狽が声に現れた。

「白ばっくれるな。見てたのは分かっているんだ。見て昂奮したな？　濡れただろ？」

「そ、そんな……。昂奮するはずがないでしょう！」

その言葉で嘘がバレてしまった。含み笑いをする男は、鼠をいたぶる猫だ。

「女っていうのは、そうやってハレンチな姿を見られることが大好きなんだ。おまえもそうだろ？」

「ち、違います……」

否定する声が弱々しい。男に指摘されて、千穂はパンティの底がじっとり湿っているのに気づいていた。

「嘘を言うな。濡れてるんだろ？　濡れてるところをもっと触れ。オナニーをやってパンティをもっと汚してみろ！　電話でおれが聞いてやる」

「い、いやです……！」

男は有無を言わさない。

「ほう、そうか。おれの手元には何十枚と焼き増しした、おまえのヌード写真がある。じゃ、これからこいつを社内にばらまく。男の社員は喜ぶだろうな」

千穂は悲鳴のような声をあげた。

「やります！　やりますから写真は誰にも見せないで！」

男が少し猫撫で声になった。

「よしよし。それでいい。おれはなぁ、おまえをいじめてるわけじゃない。脅迫とかセクハラだと思うなよ。誰も教えてくれない秘密の楽しみを教えてやろうとしてるんだ。さあ、スカートをめくってパンストを脱ぐんだ」

千穂はまるでロボットみたいにぎくしゃくした動きで命令にしたがった。

「脱いだか？　靴は履いていていいぞ。椅子に浅く座れ。スカートはまくっておけ。電話は肩にかけておくんだ。さあ、股に触れ。ふっくらしたおまえの丘を、パンティの上からそうっと撫でろ」

まるで催眠術にかかったように、千穂の白いしなやかな指がおずおずと、白い木綿のパンティに包まれた悩ましい丘の斜面にタッチし、麓の方へと這いおりていった。

（え⁉）

千穂はじっとり濡れた部分に触れて、びっくりした。股布はぐっしょり濡れ、大きな楕円形のシミを拡げていたからだ。こんなに濡れたのは初めてだ。

千穂とて処女ではない。高校時代のボーイフレンドや就職してから出来た恋人――今は別れたが――とセックスを体験している。愛撫されると当然濡れる。しかし今は何もされていない。卑猥な写真が彼女を刺激したのだ。

「よし、最初はパンティの上からあそこを可愛がれ。ラブジュースでパンティを濡らすんだ。思いっきり汚せ」

（そんなこと、できない！）

千穂は必死に抵抗しようとした。しかし愛液を溢れさせている部分は充血して敏感になっていた。パンティの上からソフトにタッチしただけで、ズキーンと子宮まで疼《うず》かせるような甘美な感覚が生まれ、欲情がますます滾る。

（ダメよ、本気になったら。やってるフリだけしてればいいんだから……）

自制を要求する千穂と、もっと快美感覚を要求する千穂が争い、ついに後者が勝った。独立した生き物のように指は動き、濡れた布地ごしに強く圧迫し、揉みしだき、柔らかくさすりあげた。

「ああ、はあっ……」

悩ましい吐息を押さえることが出来ない。甘酸っぱい匂いを発散させる蜜液がたっぷりと布地にしみこみ、肌と秘毛とにこすれあって、ニチャニチャという音が発生した。

「そうだ。そうやってたっぷり自分を可愛がるんだ」

淫靡《いんび》な摩擦音が聞こえたのか、脅迫者の声も昂奮を押し殺しているかのようだ。

「気持いいだろう？　そうだよ、そういうふうに男に触られているような気持で……」

巧みな誘導の言葉にのせられて、千穂はいまや、めくるめく快美感覚の海へと泳ぎだしていた。

「お、おうっ、む」

もどかしげにヒップをうち揺すってしまう。股布は千穂の指が与える圧迫と摩擦によって濡れた秘唇に食い込み蜜液をたっぷり吸い込んだ。

「パンティの下へ指を入れておまんこをいじるんだ……」

男の熱っぽい声に促されてサラサラした手触りの秘毛の底で千穂の一番敏感な部分は、包皮を自分で押しのけて竹の子の新芽のように突起していた。指でそれを探りあてたとたん、ビビッと感電したかのように四肢がうち震えた。

「あっ、うふん、ああー……」

甘く切ないよがり声を吐いてしまう千穂。理性は完全にふっとんでしまった。

「いい気持だろう？　よーし、パンティを脱げ。ついでにおっぱいも出して揉め」

熱っぽい声は、もう脅迫者というより、一緒に秘密の性戯を楽しむ共犯者のものだった。

千穂は制服のベストのボタンを外し、ブラウスの前をはだけた。ブラジャーのカップを押しあげると、自分でもまあまあだと思っている椀型の白いふくらみが二つとも、ぴょこんという感じで飛びだした。清純なピンク色を保っている乳首はすでに熱を帯びて堅く、ツンと尖っていた。

受話器を肩にのせて首で挟むようにし、左手を股間に這わせ、右手で乳首をつまんだ。ツーンと痛みにも似た甘美な感覚が走った。たまらずに掌ですっぽりと包むようにして弾力に富んだふくらみ全体をグイグイとこねまわした。さらに強い快感が波濤《はとう》のように押し寄せ、椅子の上に浅く座った女体がのけぞり、腰を突き上げるようにうねった。指は尖りきった肉芽と柔襞のトンネルの入口をさすり続けていて、その部分から溢れる蜜は粘度が薄れてきた。

「あー、ああっ、う……！」

胸のふくらみと股間を同時に自己愛撫する若い娘の甘い呻きと切ない喘ぎを聞き、男も息を弾ませている。彼も昂奮しているに違いない。

「どうだ、いい気持だろう？　会社の中で、誰も知らない場所でこうやって自分を可愛がるってういのは……。ほら、もっと指を使え。ウンと奥まで入れてみろ」

ふだんなら「イヤらしい」と眉をしかめるはずの淫靡な猫撫で声に耳朶《みみたぶ》を擽《くすぐ》られると、彼の舌が受話器から伸びてきて鼓膜に触れ、さらに長い、ヌメヌメした蛇のようなものに変身して体内に入りこみ、子宮にまで達してからみつくような錯覚を覚える。

「あー、はあっ、ううっ、うっ……むー……」

密室の中に若い健康な娘の体臭が充満した。古びた事務用の椅子がギシギシと軋《きし》み、いまや自分の指が生み出す快美感覚にすっかり溺れきった千穂は、男に唆《そそのか》されるまま激しく淫らに指を動かした。

彼女のお気に入りの方法は、右手の人差し指と中指を浅く挿入して入口付近の柔襞トンネルを掻き回すようにし、同時に親指の腹で秘核を圧迫しながら揉み続ける——というものだった。それをやるのは自慰も最終段階に達してのことで、やりはじめるとたちまちのうちに極限点に達する。今もそうだった。

ズキンと、甘美なショックが全身を走り抜けた。

「あうっ！」

悲鳴にも似た短い叫びを発し、ピンと背筋を伸ばし、剝き出しの下腹を突きあげ、うち揺すった。開いた両足も突っ張る。白い太腿がブルブルと痙攣した。

「おおっ！　あうっ、う！」

桃色の雲が彼女を包みこみ、フワッと宙に浮くようなオルガスムス感覚。

「あ、はあっ、はあー……」

あられもないよがり声を吐きちらしながら、千穂は何度も何度も腰を突きあげる動作を繰り返した。

「おお、イったな、いいぞ、いいぞ。おまえは感度がいい……。そうこなくては」

オルガスムスを味わって切なくも甘やかな、まるですすり泣いているような余情の吐息を耳にして、脅迫者の声も震えているようだ。ひょっとしたら、千穂のよがり声を聞きながら彼も自慰をしていたのかもしれない。

(私って、なんていうことをしたのかしら⁉)

理性をとり戻したとき、千穂は激しい羞恥と同時に、この男に完全に屈伏し支配されてしまった——という感情を抱いた。男の言葉が否応なしにそれを裏付けた。

「いまのよがり声は録音させてもらった。これで、言いなりにならないときの公表材料が増えたわけだ」

愉快そうにクックッと喉で笑った。千穂は何も言えず恥ずかしさにむせび泣くだけだった。

「明日からは、おれが『来い』と言ったらこの部屋に来て、パンティを汚すのだぞ」

では、脅迫者と被害者の関係はこれからも続くのだ。

「よし、今日はこれまでだ。パンティは置いてゆけ。それから、明日からはパンストを穿いてくるな。そのかわり、ふつうのストッキング——ガーターストッキングというのか？　あれをガーターベルトで吊れ。それと、パンティは色っぽいのにしろ。スケスケの商売女が穿くみたいのをな」

勝手なことを命令して電話は切れた。

千穂は昨日に続いて退社するまでパンスト一枚で過ごさなければならなかった。いつも無口で控え目で、化粧っ気も薄い地味なＯＬがノーパンでいるなど、誰も夢にも思わないだろう。つまり自分だけの秘密というやつだ。千穂は不思議な愉悦を味わった。

第五章　資料室の秘密レイプ

翌日、千穂は男に命じられたとおりの下着、ガーターストッキングを着けて出社した。

電話がかかってきたのは午後遅く、ＯＬたちが退社時刻を気にし始める頃だ。千穂にとってはその方が都合がよかった。昼休みに姿を消してばかりいては、同僚たちの疑惑を招く。

男はそのことも勘定に入れているのだろうか。

「仕事が終わったら、来い」

自信たっぷりの声だった。千穂がもう反抗しないことを確信している。

制服のまま第二資料室に入ると、また雑誌が置いてあった。昨日とは違う投稿雑誌だった。

タイトルは『投稿露出メイト』。内容は『見られたがりＣＬＵＢ』とほとんど同じだ。

その中に、オフィスラブのカップルがセルフタイマーで撮った交接写真があった。

千穂と同じような制服を着たＯＬが、事務机に上体を伏せていた。スカートはまくられ、パンストとパンティは膝のところまで下ろされ、丸い尻が剝き出しだ。ズボンを脱ぎ下ろした三十代ぐらいの男が彼女の背後から結合して、勝ち誇った表情でカメラを見ている。目が黒い線で塗り潰されているが、千穂と同じ年恰好のＯＬは陶酔した表情を浮かべている。

（どこの会社のＯＬなんだろう？　どうやってこんな写真が撮れたのかしら？　残業のときだって、守衛が巡回するかもしれないのに……）

このカップルの大胆さに、千穂は舌を巻いた。

昨日より余裕が生じていたから、一つ一つの投稿写真をじっくり眺めながらページをめくることができた。十分ほどして電話のベルが鳴ったとき、彼女の下着はじっとり湿っていた。

「さあて、おれの言ったとおりの恰好をしてきたかな？」

男は真っ先に質問してきた。

「はい」

千穂の声は消え入りそうだ。それが脅迫者の昂奮を誘うのだろう。最初からえげつない要求をつきつけてきた。

「スカートをまくって、どんなふうな下着なのか、口で説明してみろ」

「そ、そんなこと……とても言えません」

「逆らえるような立場か」

そう言われると従うしかない。彼女は立ったまま制服のスカートをめくりあげる。この男の言いなりにならねばならない自分が哀れでならないが、その反面、ゾクゾクするようなスリリングな感情も同時に湧いてくるのだった。

「あのー……穿いているのはシルクのTバックショーツで、色はショッキング・ピンク。材質はナイロンで前面がレースです」

「ほう、お毛々は透けて見えるか」

「え？　はい……薄いので透けて見えます」

真っ赤になって答える。

「ふむふむ、なかなか色っぽそうだな。ところでガーターベルトは何色だ」

「黒です。材質はシルクサテンで、白いレースのフリルがついています」

「そんなのを持ってたのか？」

「いえ、昨日、帰るときに八重洲地下街のランジェリーショップで買いました」

男は、千穂が自分の指示どおりの下着を身に着けてきたので上機嫌だ。

「よしよし。それでは昨日と同じように椅子に座れ。スカートをまくって、おっぱいも出して、オナニーをやれ。目いっぱい濡らすんだ……」

千穂は猥褻な投稿写真で充分に刺激されていたから、昨日ほど抵抗なく始めることが出来た。やがて男の耳に、濡れた下着が柔肌と粘膜を擦る音、甘く切ない呻き、喘ぎが伝わっていった——。

昂奮が充分に高まってくると、千穂はパンティを脱ぐように命じられた。さらに、新しい指示が追加された。

「机の抽斗を開けてみろ」

開けると、アイマスクが入っていた。飛行機などの中で安眠するために目を覆う、布製のやつだ。

「それをかけるんだ。気が散らないようにな」

ゴム紐で耳にとめると顔の半分ぐらいが隠れてしまった。もちろん何も見えなくなる。真っ暗闇の中に閉じこめられた気がした。

「その恰好で机の前に立て。ドアに背を向けて、スカートをめくったまま前屈みになれ。机の上に完全に体を倒すんだ。受話器は口の傍に置け。さあ、やれ」

言われたとおりにすると、まる出しの尻が斜め後方に突き出す姿勢だ。

「こんな……。恥ずかしい」

全身がカーッと熱くなり、羞恥のあまり喘いでしまう。トロリとした蜜液が膣口から溢れて内腿まで濡らした。

ある予感を覚え、恐怖と期待が入りまじり膝がガクガクするような昂奮を覚える。

「ふふ、いい恰好だろう？　股をうんと開け。ケツをプリプリ揺すってみろ」

言われたとおりに尻を振ってしまう。子宮が甘く疼く。

「よし、その恰好でオナニーを続けるんだ。ただし、あんまり早くイクなよ……」

言われなくても指が勝手に動いてしまう。恥ずかしいポーズをとらされていることがよけいに欲情を煽《あお》りたてた。目を隠していることも新鮮な刺激になった。確かに気が散らない。

「あ、あはっ、うっ……」

たちまち快感の怒濤に押し流され、目のくらむような甘美な悦楽の海に溺れた。

カタ。

背後で物音がした。千穂は、いつもの指づかいで目くるめく高みへと自分を追いつめようとしていた。

「えっ⁉」

驚いて指をとめた。空気が動いた。

（あの男が来たんだ……！）

はね起きようとしたとき、がっしりと首根っ子を押さえつけられた。強い力だ。

「動くな。動くと殺すぞ」

あのしわがれ声がまる出しの臀部を鞭のように叩いた。ビクッと震えて、千穂は凍りついたようになったが、反対に心臓は跳ね狂った。

（レイプされる！）

この男は、電話を介した一種のテレホンセックスを偽装して安心させ、夢中になったところに侵入してきた。内側からロックしていたのだから合鍵を使ったに違いない。ドアを背にする位置を指定したのは、彼女に気づかれないためだ。この脅迫者は、自分の正体をどうしても知られたくないらしい。

「両手を背中へ回せ」

逆らえなかった。密室に二人きりでいるのだ。殺されるかもしれない。彼女は洩らしそうなほど脅えきっていた。

千穂が両手を後ろに回すと、男は手首を交差させてから帯のようなものを巻きつけた。絹の肌触り。ネクタイだ。それで縛られてしまうと、視界も抵抗の可能性も奪われた。もう、凌辱を覚悟するしかなかった。

「おお、いいケツだな……。まっ白でムッチリして、つきたての餅のようだな。黒いガーターベルトがよく映える」

男が感心した。千穂は羞恥のあまり気が遠くなった。ショーツは脱がされ、スカートをまくりあげ、下半身に着けているのはガーターベルトで吊ったストッキングとハイヒールだけ。そんなあられもない姿を脅迫者に視姦されているのだ。

両足はぴったり閉じていたのに、膝が割りこんできて腿を無理やり開かされた。そのうえ、尻たぶを摑まれて左右にグイとこじ開けられた。

「ひっ、見ないで！」

千穂は失神しそうな羞恥の極限で悲鳴のような声をあげて身悶えし哀願した。

「ほら、おまえのすべてがまる見えだ。おま×こも肛門も……。うん、いい眺めだ。うーん……いい毛だ。艶々しているし縮れていない。それに菱形だな。こういう毛の女はおとなしそうに見えて、その実淫乱なんだ。そうだろ？　ほら、おれに見られて、おまえの下の唇はこんなにヒクヒクいって、涎を垂らしながら喜んでるじゃないか」

「あーっ……やめて！」

千穂は腰を振った。男の手がいやらしく滑らかな臀丘を撫で回し始めたからだ。

「おとなしくしていろ！」

首根っこをまた押さえつけられた。締め殺されるかもしれない。千穂は泣きだした。男の手が遠慮なく動いた。

「いやッ！」

釣りあげられた若鮎のようにビクンと跳ねる、瑞々しい女体。甘酸っぱい体臭がムウッと匂いたつ。

「うむ、感度がいい」

男は言い、指をさらに羞恥と悦楽の中心へと進めた。

「なんておまんこだ。いいピンク色してる……。あんまり使いこんでいないな」

千穂の全身を妖しい戦慄が走った。子宮が見えないペニスでグンと突き上げられたような衝撃を受けた。ジワッと大量の愛液が秘唇から溢れて内腿まで濡らすのが自覚された。最も恥ずかしい部分を視姦されることで、彼女は完全に屈伏し、同時に、なぜか激しい快感を覚えている——。

男の指が濡れ濡れの秘唇をこじ開けるようにして、若い娘の柔襞トンネルに侵入してきた。もう一方の手は秘毛で覆われた丘を這いずり回り、シナシナした秘叢の奥から、昂りきっている肉芽を探しあてた。二つの敏感な粘膜を攻撃されて、

「あっ、うあっ、あー！」

狂ったように叫び、喘ぎ、悶える千穂。意識に靄《もや》がかかり理性は痺れきった。男から危害を加えられる恐怖はしだいに薄れた。

「よし」

彼女がメロメロになった頃合を見計らったように、男はぐいと彼女を抱え、机の上で仰向けに転がした。今度は彼女の尻は机の端にあり、ガーターストッキングをはいた下半身が垂れ下がる。片方のハイヒールが床に落ちた。

「おお、いい匂いだ」

脅迫者は深々と若い娘の発情した匂いを嗅いだ。その声は千穂の股間から聞こえてきた。つまり彼は、床に跪き、彼女のせり出した秘部に顔を近づけている。熱い息が秘毛にかかった。

「いやあ、ああっ！」

千穂が悲鳴をあげ、ヒップを浮かせた。両方の腿をしっかり抱きかかえられたかと思うと、男の顔が股間に押しつけられてきたからだ。唇が彼女の濡れそぼった秘唇に吸いつき、ピチャピチャという猫がミルクを呑むときのような音をたてて溢れ出てくる蜜液を舐める。チュウチュウと吸う。ひと息ついて呟いた。

「ううむ、若返る……」

千穂は子宮を中心として全身が溶け崩れるような甘美な快感にうちのめされ、瀕死の病人のように呻くだけだ。かつての恋人がクンニリングスをしてくれたことがあったが、この男はそれよりも何倍も巧みに舌を使う。それで敏感な肉芽と前庭部分を刺激しながら、同時に柔襞のトンネルに二本の指を深く挿入してきた。柔襞の内部を掻き回すようにされると、それは千穂の最も好む刺激法だったから、たちまちのうちに彼女は快美感覚の極限点まで追いあげられてしまった。

「あっ、ああー、ダメダメ、ダメえっ！　うー……」

下腹を突きあげ、思いきり男の顔を両腿で締めつけた。頭の中が真っ白になり、肉体は宙に浮いた。

「おー、おううッ、お！」

緊張し痙攣する白い下肢。しばらくぶるぶると震えていたが、やがて力が抜け、ゴム人形のようにグッタリした。

「ふうっ、窒息するかと思ったぜ……」

舌と指を使って千穂を嬲《なぶ》り、絶頂させた男は満足そうだ。といって、これで満足するはずがない。

「さあ、いくぞ」

声と共にのしかかってきた。ズボンと下着を脱ぎ下ろしていたに違いない。熱を帯びたものが千穂の繊毛の丘の麓に押しつけられてきた。ペニスだ。

（犯される……！）

千穂は戦慄した。

男はあわただしく手を動かして制服のベストとブラウスの前をはだけ、ブラジャーのカップを押しあげて白いふくらみを剝き出しにした。

片方のふくらみを鷲摑みにして揉み潰すようにする。同時に片方のしこった尖りを唇でくわえ、吸った。舐めた。

「あー、うっ、むー」

強く嚙まれると痛みと同時に鋭い快感が全身を走る。そうやって乳房を手と口で楽しみながら、男は押しつけてきた下腹を揺すりあげてきた。

「はあはあ、うっうっ」

息が荒い。

千穂の下腹は机の端から突き出され、秘唇は脅迫者の欲望器官にとって最適の角度に開口している。そこは蜜液で充分に潤っていて、ほんのひと突きで肉の槍は深く突き刺さるはずだ。

しかし、その侵入が果たせない。脅迫者の肉根は充分な堅さを保っていない。手で握ったものを何とか柔襞トンネルの中へ押しこもうとするのだが、硬度が不足している。

（どうして……？）

凌辱を覚悟していた。こうなったら早く終わって欲しい。千穂はもどかしさを覚えた。

「くそ」

男が苛立ったように唸った。そのとき、廊下の外で人の声がした。男はギクッとして腰を動かすのをやめた。数人の男女が賑やかに話し交わしながら、第二資料室の前を通りすぎていった。廊下の向こうには組合の専従室がある。たぶん青年部の連中だろう。

「チッ」

脅迫者は舌打ちした。彼の肉根は、今の人声がキッカケですっかり萎えていた。

（どうする気かしら？）

千穂は脅えた。凌辱が完遂できなかったので腹をたてて、彼女をひどい目にあわすかもしれない。

しかし「ふうっ」と溜め息のようなものを洩らすと、男は体を離した。諦めたのだ。

しばらくモゾモゾしていたが、再び股をこじ開けてきた。

「あ、うっ……」

千穂はまた呻いた。体が硬直した。指ではないが同じような太さのものが秘唇から押しこまれたのだ。

（なにを入れたの？）

恐怖で金縛りになる。

「ジッとしてろよ」

上体を横向きにしておいて後手に縛っていたネクタイのようなものを解いた。ネクタイのようなものを解いた。それが手枷《てかせ》になった。そのかわり、ブラウスの袖を肩と腕が剝き出しになるまで引き下ろした。それが手枷になった。スカートスカートも剝がされた。乱れきった恰好で机の下に潜りこむように命じられた。

「五分、そのままでいろ。じゃ、来週、またな」

男はそう言い捨ててドアを開けて去っていった。

いくらなんでもスカートもパンティも着けていない姿で男を追うことは出来ない。千穂はしばらく待ち、ノロノロと起き上がり、目隠しをとった。柔襞の奥へ押しこまれたものを取り出した。

（何、これ⁉）

呆気にとられた。紙幣が煙草のように丸めて詰めこめられていた。ただの金ではない。一万円札だ。それが二枚も――。

（何のためのお金かしら？）

まさか、悪いことをしたから謝罪のため――というのではあるまい。男は去りぎわに「じや、来週、またな」と言ったではないか。千穂は首を傾げるばかりだった。スカートを着けながら千穂は考えた。今日は木曜日だ。「来週、またな」というのは、明日は何もしないという意味だろう。なぜだろうか。

千穂は室内に佇み、男が残していったものがないか、探してみた。彼女のTバックショーツも含めて何一つ残してゆかなかったように見えた。それでも、最後に遺留品を一つだけ発見した。

——予想どおり、金曜日に脅迫者は何も言ってこなかった。

週が明けて月曜日、夕刻になって、脅迫者から電話があった。

「仕事が終わったら、第二資料室に来い」

これで四回目の呼び出しだ。

退社時刻を告げるベルが鳴った。千穂は第二資料室に向かった。

今回は雑誌は置いてなかった。しかしその必要はなかった。先週、この部屋の中でさんざん辱められた思い出が生々しく甦り、それだけで彼女のパンティは湿ってしまったからだ。

やがて電話がかかってきた。脅迫者の命令はこの前より過激だった。

「服を脱げ。パンティとストッキング、それにハイヒールだけの姿になれ」

「はい、分かりました」

千穂は素直に制服とブラウス、ブラをとり去った。会社の中で全裸に近い恰好を強いられることにスリルを覚えて乳首は尖りきっている。

例によって最初は下着の報告だ。指で薄布ごしに秘部を触りながら報告する。

「今日は赤いTバックです。素材はポリエステルで股の部分以外はかなり透けて見えます……。前の方はハートをうんと細長くしたみたいな形で、上の方はヘアが少しはみ出しちゃいます。残りの部分は紐みたいになっているものです」

「ほう、ケツが剝き出しのフンドシみたいなやつか。おまえみたいな淫乱女にふさわしいエロいパンツだ」

野卑な言葉を浴びせられると、燻《くすぶ》っていた子宮に火がついてジュルッという感じで蜜液が溢れてきた。

男は先週の木曜と同じ手順で自己凌辱の儀式を進行させた。濡れそぼったショーツを脱がせたところで、新しい指示が下された。

「机の抽斗にアイマスクがある。それと、一緒に入ってるのがあるだろ?」

(えっ!?)

千穂は目を丸くした。入っていたのはグロテスクな形をしたバイブレーターだった。色は毒々しい紫色。千穂自身は使ったことはないが、あの投稿写真雑誌の中ではさかんに使われていた。手にとって見るのも初めてだ。こんなものが女性の膣に入るのか、と疑うほど太い。

若いOLはアイマスクをつけバイブを手にし、受話器を肩と首に挟んでから椅子に浅く腰かけ、両足を開く姿勢をとった。彼女の前面はドアを向いている。男が入ってきた時にアイマスクをとれば顔を見ることが出来る。もちろん千穂はそんなことをして男を刺激する気はない。

「さあ、使ってみろ」

バイブのスイッチを入れた。

ジーッ、ブーン。

おそるおそる、先端をくさむらの奥へとあてがった。

「あっ、ひいっ！」

感電したように千穂の裸身がくねり、乳房が躍った――。

（す、凄い……！　ものすごく感じる！）

初めてバイブを使ってみた千穂は、その刺激に夢中になった。たちまちねっとりした汗が噴き出し、密室に若い牝の匂いが充満した。

受話器から聞こえてくる彼女の歓びの声、甘い呻きにゾクゾクするような昂奮を味わっているに違いない。

「そうだ、もっと強く動かしてみろ……あそこに入れるんだ。どうだ？　感じるだろう？　よし、もっと深く」

その声に促されるまま、彼女は太いバイブを柔襞トンネルの入口にあてがい、力をこめた。最初は抵抗があったものの、ブーンと唸り振動するそれは、独自の意志を持った生き物のように濡れた桃色粘膜の入口門をくぐり抜け、しだいしだいに奥へと埋没してゆく。途中で力を入れるのをやめたのに、子宮が吸い込むかのように、バイブはググと潜りこんでしまった。

「あーっ、凄い！　いい、死んじゃいそう……。あうっ」

千穂はのけぞり悶えた。片手でバイブを操作しながら、もう一方の手でふくらみきった肉芽をさすり上げる。

「おーっ、おおっ、むー！」

叫び、喘ぎ、ときには苦痛を堪えるかのように唇を嚙みしめてククと啼《な》く。千穂は完全に我を忘れてしまった。だから、いつ男が入ってきたか気がつかなかった。

気がついたとき、抱えあげられて机の上に仰向けにさせられていた。男は千穂の痴態に欲情を爆発させたに違いない。今日は縛ろうともせず、バイブを抜きとるや否や、鼻息も荒くのしかかってきた。乳首を嚙まれ、乳房を揉まれた。先日よりはずっと硬く膨張している分身を押しつけてくる。

（ああっ、入ってくる！）

千穂はいつの間にか男の体にしがみついていた。上半身はワイシャツで、その体はずんぐりしている。

「うぬ、ううむ、うっ」

男は片手で分身の根元を支え無理やりにねじこもうとする。先端が緊い門をくぐり抜けた。

（ああ、犯された……！）

これで、心ばかりではなく肉体も完全に支配された――そう思うと一層激しい昂奮が生まれ、子宮がどよめく。

「………？」

しかし、侵略はそこまでだった。先端をめりこませたところで肉茎器官が、徐々にパワーを失ってゆく。

「うぬ、クソ……！」

男は自分を罵った。失望、焦り、苛立ちが千穂の肌に伝わってきた。

（またダメなの……？）

千穂は落胆した。凌辱されないのを喜んでいいわけなのに、自分の肉体で男性が満足しないというのは、たとえこのような状況でも、プライドを汚されたような気がする。不思議な心理だ。

男は体を離すと、いきなり千穂を床に引きずり下ろした。彼女は跪く姿勢をとらされた。髪を鷲掴みにされて顔をあおむけにされた。

「イヤっ！」

苦痛の声を発した口へ、男の分身が突きつけられた。男が苛立った声で怒鳴りつける。

「さあ、くわえろ！　しゃぶれ！」

千穂は驚いた。これまで一度もフェラチオをしたことがない。

(そんなこと、出来ない！)

意志とは裏腹に、彼女の口はOを発音するように開かれて、男の肉根を受け入れた。一度千穂の秘唇に押し入ったものだから、彼女は自分自身の愛液の味と匂いを味わうことになった。それと僅かな塩味。男性自身の生ぐさい異臭は少なく、その感触は少し柔らかいフランクフルトソーセージを連想させた。

床に膝をついた彼女に分身を咥《くわ》えさせた男は、獣のように唸り、片手で髪を鷲掴みにし、もう一方の手で分身の根元を握りしめ、グイとねじこんできた。

「む、うっぐっ……！」

口の中いっぱいに男の器官を詰めこまれて、一瞬、息が詰まり、千穂はむせた。

(こんなことをさせられて拒めないなんて……)

口を深く犯されることで、また新たな汚辱と羞恥の熱波が彼女を包みこんだ。

「ほら、もっと口を開けろ。奥まで受け入れるんだ。それから唇を締めてみろ」

喉の奥まで突きこまれると吐き気がこみあげてきた。アイマスクで覆われた目から涙が溢れた。しかし、不思議なことに彼女の秘唇からも愛液が溢れて内腿を濡らしてしまうのだ。

「舌も使え。先っちょを舐めてから横をグルリとな」

「バカ、歯をたてるな」

男は勝手なことを命令して、息もつけずに苦悶する千穂の頬をビシバシと平手で叩いたりする。その苦痛も彼女の被虐感を刺激するのだ。

(あらっ……!?)

そうやって必死に唇と舌で男の欲望器官を舐めたりしゃぶらされたりするうちに、千穂は口の中でピストン運動を始めた肉茎がしだいに硬くなり、膨張してきたのに気がついた。

(昂奮してきたわ)

涙を流しながら必死に奉仕する千穂のおかげで、再び欲望の炎が掻き立てられたのだ。男のそれはみるみるうちにズキンズキンという脈動を彼女の口腔に伝えるほどまで怒張してきた。

(こんなになるの!?)

目隠しされてはいるが、手に握った感じからして、サイズはかつての恋人と較べても遜色がない。いや、もっと大きい。ただ硬さはそれほどでもない。弾力に富んだ、硬めのゴムの棒という感じである。高校時代のボーイフレンドは鉄のようにコチコチだったが。

「よしよし。その調子で吸うんだ。頭を前後に動かして……。そうだ、うっ、ううむ……むっ」

男の抽送と千穂の頭部の動きが同調してくると、唾液で潤滑された肉根ピストンはふくよかな唇というピストンリングに締めつけられ、淫靡な摩擦音をまきちらした。男の呻きは、こよない快感を味わっていることの証だ。

「うおっ」

突然に男は大声を出して引き抜いた。千穂は突き飛ばされて頭を床に叩きつけるほどの勢いで仰向けに倒れた。昂りきった男が荒々しくのしかかってきた。秘唇をこじあけて怒張したものが突きこまれた。

(今度こそ犯される!)

千穂は観念したが、不思議なほど恐怖心はなくその一瞬を待望していたように脚を開いた。

「おう、おおっ、ううむ」

男は獣のように唸り、濡れた柔襞トンネルに荒々しく侵入してくる。

「あっ、ああっ……。うー」

苦痛ではない別の感覚が生じ、千穂は男の体にしがみついていった。

ズキンズキンと脈打つ肉根は千穂の肉体の奥深くに打ちこまれた。

「おう、むむ、うっ……」

彼女の柔襞に締めつけられながらその感触を楽しむようにして、男はゆっくりとピストン運動を始めた。

「ああっ、うっ、やン」

子宮への通路を突き上げられると、ズーンという快感が湧き起こり、千穂は悩ましい声をはりあげた。

（か、感じるう。こんなの初めて……！）

千穂は、自分が凌辱される立場なのを忘れ、感動さえ覚えていた。いつの間にかごく自然に腰を突き上げて男のリズムと同調させている。

「あう、うン、ううン」

「はあっ、ああ、む……！」

甘い呻きを吐きながら、悶えくねるＯＬ。男も、自分の行為が若い娘をよがり狂わせてゆくことでさらに昂奮してゆくようだ。

「あ、あうっ。うむ……！」

突然、男は瀕死の傷を負った戦士のようにひときわ高く唸ったと思うとブルブルッと下肢を痙攣させた。

（イッた……！）

子宮口に熱い飛沫を感じたとき、ギューンと柔襞トンネルが収縮するのを感じた。子宮が甘くどよめく。ざわつく。強烈なオルガスムスとは言えないが、甘美な快楽の怒濤が彼女を宙に浮かせた。

「あーン」

夢中になって射精しつづける牡の肉体にしがみつく。

――男は精を噴きあげてもなお結合を解かなかった。一つには千穂の柔襞が腔腸生物のようにきつく牡器官を締めつけていたせいもある。そのために彼の精液は一滴残らず絞り尽くされた。

「あーっ、うーん……」

ゆっくりと男は萎え、やがて結合が解けた。

（信じられない……。会社の中で見知らぬ男にレイプされて快感を味わうなんて……）

千穂は再び羞恥と屈辱に打ちのめされた。アイマスクをかけているから彼女自身は闇の中にいるが、体を離して起き上がった男の目には、ストッキングだけの裸で、犯されたばかりの部分を剝き出しにしている姿をさらしているのだ。

再び汚辱の渦に巻き込まれ、アイマスクの上から顔を覆ってむせび泣いてしまう。

ズボンを引き上げた男が、ゴソゴソしていたかと思うといきなり彼女の秘唇の中に何かを押しこんでいった。

（また、お金だ……）

男がドアを開けて出ていった。射精してからは無言だった。千穂は十分ほどもジッとしていた。男を恐れていたからではない。体中から力が抜け出てしまったようで、立ち上がれなかったのだ。

ようやく起き上がり、アイマスクを外した。思ったとおり一万円札が丸めこまれていた。

それを取り出して、彼女は目を丸くした。

今度は五万円だった。

五枚の紙幣を手にしたまま、しばらくボーッとしていた。考えがなかなか纏まらない。

（どうしてこんなことをするの？　娼婦を買ったのと同じ意味なのかしら。これで自分の罪を帳消しにするつもり？）

千穂はしばらく呆然としていた。

第六章　会員制クラブ「ラ・コスト」

叔父の昭彦に、自分の身にふりかかった脅迫と凌辱のすべてを打ち明けた千穂は、そこで言葉を切った。さっきまで大勢の客でたてこんでいたイタリア料理店の店内は、もうガランとしている。

「で、それからどうしたの？」

昭彦は先を促した。自分の可愛がってきた姪の告白を聞いて、彼は驚くと同時に激しく昂奮していた。股間の膨張は痛いほどだ。

「それで終わりなんです」

「終わり？　どういうこと？」

千穂は顔を上げた。頬が上気し、瞳が潤んでいる。屈辱と羞恥の体験を告白したことで、昂っているのかもしれない。

「その男から、それっきり連絡がないんです」

最後の呼び出しからひと月半が過ぎたが、あれから一度もかかってこないという。

「うーむ、そうか」

昭彦は唸って、腕組みをして考えこんだ。

「つまり、一回でも千穂を征服したことで、満足したということかな……？」

「でしょうか？」

千穂が尋ね返してきた。叔父に一番の秘密を打ち明けたせいか、彼女の体も気分もずいぶんリラックスして見える。心なしか体臭まで刺激的な芳香を増したかのようだ。ワインと甘味の強い食後酒で心地よく酔ったようだ。昭彦は別の推理をしてみた。

「それでなければ、何かの都合で脅迫を続けられなくなったのかもしれない。転勤になったとか、長期休暇をとっている人間が周囲にいない？」

「いいえ、いません」

「不思議だな。管理部門の男性社員は何人？」

「えーと……五十人ぐらいかしら？」

「声や体から、だいたい何歳ぐらいだったか分かるだろう？」

「最初は作り声をしてたけど、そのうち、うっかりしてふだんの声を出すことが何度かあったんです。その感じでは中年……五十歳ぐらいかな、と思うんです。体つきもややでっぷりして中年太りみたいだったし」

「それぐらいの年代だと、何度も失敗するほどインポ気味だったというのも分かるな」

犯人は管理部門の慰安旅行に参加している。その中で年配のやや太り気味の男性となると数は限られる。

「ええ、私なりにいろいろ推理して、当てはまる男性社員を十人ほどに絞ったんです。その人たちをそれとなく観察してました。ですが、ぴったり当てはまる人がいないんです」

彼女は犯人が身につけていて、現場に残していったものを一つだけ発見している。

それは匂いだ。男性化粧品の匂い。

「アラミスなんです。あれは特別に動物的な匂いがしますからすぐ分かります」

「アラミスねぇ。あれをつけてるのは何人もいないぞ。おれの回りには一人もいない」

ところが、犯人の可能性がある男性のうち、誰一人としてアラミスをつけている人間がいない。結局、誰が千穂を辱めたのか、まったく見当もつかないという。

「叔父さま、私の話を聞いて驚きました？」

真顔になって尋ねてきた。

「そりゃ驚いたさ。千穂がおれの知らないうちにそんな目にあっているなんて、まったく知らなかったからな……。しかし、それにしてもうちの会社に、そんなとんでもないことをする奴がいるとは信じられないよ。まあ、おれが出張していなかったら、捕まえてやれたんだが。もし今度、そいつから電話がかかってきたら、すぐに教えろよ」

「はい。今でも男の人から電話がかかってくると、ギクッとするんです……」

それで、さっき電話したとき、千穂の声が警戒しているように緊張していた理由が分かった。

「なるほどね……。その犯人に社内で、何回も恥ずかしいことをさせられたから、千穂はそれ以来、人に恥ずかしい姿を見られると感じるようになったんだな。違う？」

昭彦が指摘すると、うら若いＯＬはサッと頰を赤らめて俯いた。こっくりと頷いた。

「ええ、そうです……。あの男から電話がかかってくるんじゃないかと、毎日ビクビクしてる一方で、かかってこないと何となくガッカリした気持になって……。ヘンなんです」

「そうだろうな……一種の調教を受けたわけだから」

「私って、おかしい――変態なんでしょうか？　今でも、その、家で一人でいるときなんか辱められた時のことを思い出して、あの……とても昂奮したりするんです」

「おいおい、そんなことで悩んでいたのか」

昭彦は姪の思いつめた表情に驚いた。

「露出願望ってやつは、どんな女性にも潜んでいる。千穂のような若い娘がミニスカートを穿いたり、ビキニの水着とかレオタードを着けたりしたがるのは、その現れなんだ。だから悩むことはない。ほら、その男が見せつけた雑誌に投稿してくる連中だって、ふだんはまったくまじめな、ごくふつうの男女だよ」

「そうですか……」

「そうさ。露出願望は女性全体の、ひいては哺乳動物の牝の本能といっていいんじゃないかな？　つまり、牝には牡を視覚的に昂奮させることで性交・受胎に協力させる——という誘惑本能がある。それが露出願望のもとなんだ。だから女の子は、年頃になるとおしゃれをし、お化粧をし、ファッションに凝る。それも、なるべく肌を露出するとか、セクシィに見せる方向にね。そうやってセクシィに見せることで男を昂奮させ、その反応によって今度は自分が昂奮する。それを男性が見て、さらに昂奮する。こうやって昂奮が高まってゆけば、その後の性交、受胎がうまくゆくわけだ。その本能のボルテージが極端に高いと露出狂なんだろうけど、まあ、そんなことを言ったら、女性はみんな露出狂だ」

「そう言われると、よく分かります。じゃあ、見られて昂奮するのは、私だけじゃないんですね？」

「もちろん。だから、千穂を脅迫したやつはひどいやつだけど、眠っていた露出願望を目ざめさせてくれた、という意味では恩人かもしれないなあ。自分の欲望を素直に見つめるチャンスを与えてくれたわけだから。ま、これは冗談だけど……」

「ひどいわ、恩人だなんて、そんなのあり？」

その説明は千穂を安心させたようだ。安堵《あんど》の表情を浮かべ、彼の冗談に口を開けて明るい笑い声をたてたからだ。

「じゃ、場所を変えようか。この店もそろそろ終わりなようだし」

昭彦はウェイターを呼んで勘定書を頼んだ。

「アパートの一人暮らしを始めたんなら、少しぐらい遅くなってもかまわないんだろう」

「ええ、そのために借りたんですもの」

「じゃ、もう少しつきあえ。一杯やりながら、話の続きだ」

タクシーを拾い「六本木」と命じた。千穂の表情が微妙に変化した。若いＯＬにとっては、六本木とは華やかな社交を意味する言葉だが、彼女にとっては、それは狂おしいまでに淫らなアルバイトを意味する。

並んで座ると、健康な若い娘の甘酸っぱい体臭が昭彦の鼻を擽った。

(確かにめっきり色っぽくなった)

昭彦は感心した。どうして今まで、こんな変化に気がつかなかったのだろうか。

千穂は今や、単に、姪という関係にある娘ではない。『スタジオ幻夢』という妖しいエロティシズムを売る店に勤めて性的奉仕をする一種の娼婦だ。その事実を知ったことが、千穂を違った目で見させるのかもしれない。

昭彦が姪を連れていったのは『ラ・コスト』という会員制のクラブだった。ここはホステスがいない。客はほとんど男女のカップルで、バニースタイルのコンパニオンがサービスする。内装は豪華で、かなりアダルトな雰囲気の社交場である。

生バンドの演奏もあり、フロアで踊ることも出来る。スペシャルシートといって、周囲を観葉植物で目隠しした席も用意されている。用があればテーブルのボタンを押す。それ以外は誰も近づかないから、カップルはかなり濃厚な接触を楽しめる。

「何だか、妖しい雰囲気のお店ですね……。こんな所、初めて……」

スペシャルシートに座ってから、千穂は周囲を見回して気を呑まれたような顔をした。

照明は暗く、ステージで演奏している音楽は、女が呻くような、むせび泣くようなアルトサックスをメインにしたスローテンポのジャズ。男女のカップルは、それぞれ肩を寄せ合ったり、抱き合ったり、中には情熱的に接吻を交わしている者もいる。フロアでは一組だけが踊っていたが、その踊りはチークダンスというより立ったままの性交を思わせる。

「まあね、ここに来る客のほとんどが不倫のカップルだな。それも重役と秘書とか、そういった関係が多い。会員制だから顔ぶれは決まっている。わりと安心して来られるんだ」

「そうなの……。叔父さまもよくご利用なさるの？」

悪戯っぽい目をして覗きこんできた。昭彦は苦笑しながら否定した。

「いやいや、ここは接待に使うだけ。銀座で呑んで遊びたりないお得意さんを、ホステスと一緒に連れてきて、適当に楽しませてやるのさ。自分で使うには高すぎる」

「まあ、接待ってそんなことまでするの？　叔父さまのお仕事も大変なんですね」

「こら、千穂。それは皮肉か？」

叔父と姪が笑い合っていると、長身を黒いタキシードに包んだ男がやってきた。

「これは、佐野さん、ようこそ。……おや、今夜は素敵なお嬢さんと一緒ですね」

黒い頬髭、顎髭をたくわえた、鷲《わし》のように鋭い目と、冷酷そうな薄い唇を持った中年男だ。頑丈そうな肉体には贅肉が見られない。どこか西欧の貴族のように見えないこともない。

「やあ、マーキー」

昭彦は気軽に挨拶をかえした。

「素敵なお嬢さんは、他ならぬぼくの姪だよ。千穂というんだ」

昭彦にマーキーと呼ばれた男は破顔した。

「本当？　それはそれは……。いらっしゃい、千穂さん。私はこういうものです。あなたの叔父さんにはいろいろお世話になっている」

千穂が受けとった名刺には、こう書かれていた。

〝会員制クラブ　ラ・コスト　ジェネラル・マネージャー　竜野　槇夫〟

「どうぞ、ごゆっくり」

男が去ってゆくと、千穂は昭彦に尋ねた。

「叔父さんにいろいろお世話になっているって、どういうこと？」

「それは……うちが扱ってるワインの中から、いいものを優先的に回してやってるんだ」

マーキーこと竜野槇夫とは二年ぐらい前からの知り合いで、彼はワインについてなかなかうるさいのだと説明してやった。肩書きはジェネラル・マネージャーだが、実質的なオーナーである。

「ふーん、ブルゴン商事のお得意さまなのね」

千穂は納得したようだ。実際のところ、竜野槇夫は会社のお得意ではない。

昭彦は半年に一度ぐらい、ワインやシャンパンを買いつけにフランス、ドイツ、イタリアへ行く。本来は社用なのだが、その合間に自分のためのワインの買いつけもしてくる。自分のためといっても、自分が呑むわけではない。逸品だが生産量、在庫の少ないワインを選りすぐって買いつけ、個人輸入するのだ。そして竜野槇夫のような店主やワイン愛好家、収集家に売る。卸をとおして買うより安く手に入るし、日本ではめったにお目にかからない稀少な銘柄も多いから、誰もが喜んで買ってくれる。

もう五、六年もそういったことをやっているが、しだいに規模が拡大した。この前の出張では三百万円分ほど買いこんできた。経費を差し引いてもかなりの利益が出る。昭彦が女遊びに耽ることが出来るのも、この副収入のおかげだ。もちろん、ワインについての知識が豊富で、酒類の輸入、流通に詳しい人間でなければ真似の出来ない芸当ではある。会社にバレたら即刻クビという危険もある。

(まあ、そのときはその時、独立してワイン輸入の会社を作ってもいい)

昭彦はそんなふうに開きなおっている。自分が組織の中の歯車に向いていない性格だということは、サラリーマンになってすぐに自覚したことだ。今でも上司とはうまくいっていない。

やがて、バニースタイルのコンパニオンが昭彦のためにブランディを、千穂のためにカクテルを持ってきた。胸や尻のふくらみが半分以上はみ出た黒いサテンのレオタードに網タイツ。白い尻尾のついたお尻をふりふり去ってゆくコンパニオンを見送りながら、千穂が言った。

「ここのコンパニオンは、皆、スタイルがいいのね」

「なに、千穂だって、あの子に負けない体をしている」

うす暗い照明でも、サッと頬が赤らむのが分かった。昨日、『スタジオ幻夢』のショールームで叔父にショーツ一枚の裸身をたっぷり眺められたのだ。

「そう……？」

恥ずかしそうに聞き返した。

「そうさ。あんなにプロポーションがいいとは思わなかった」

「だけど、バストが足りないわ」

「いや、あんまり大きいと垂れる。千穂ぐらいだとブラを外しても前に突き出してるじゃないか。おれの好みだ」

「いやだぁ……」

両手で頬を挟む。このスペシャルシートは半円形のソファだ。並んで座ってもいいし、向かい合って座ってもいい。いま、叔父と姪は向かい合う位置に座っている。ゆったりとして低いシートなので、ミニスカートを穿いていると太腿まで見えてしまう。また白い肌が見えた。

「ところで、今もガーターベルトとストッキングをしてるんだな」

昭彦が指摘すると、あわてて腿を揃え、ミニスカートの裾をひっぱった。

「あら、見えました？」

「うむ、さっきのレストランで太腿の肌がチラと見えたから」

「もう、着けてる必要はないんですけどね……なんとなく、慣れてしまって」

脅迫がやんでからも、ずっとガーターベルトにストッキングという恰好で通勤しているという。ガーターベルトもちがった色やデザインのを買い揃えた。

「制服のスカートは長めですから、社内では気づかれることはないんですけど、階段を上り下りするときや、休憩時間にベンチに座るときなど、気を遣うんですよ」

「でも、それがかえってスリルなんだろう」

昭彦が指摘すると素直に頷いた。

「そうなんです。あと、通勤のとき。男の人の手がスカートの上から触って、『あれ？』という感じで止まるんですね」

「痴漢の手がかい？」

「痴漢でなくても、偶然に触った人でも……。ほら、ガーターベルトの留め金のところがあるでしょう？『これは何なんだ』って不思議に思うのか、痴漢じゃない人でも好奇心からソロソロと撫で回してきて……。中には確かめようと思ってスカートの下から手を入れてくる人もいるし……。そうするとすごく昂奮します」

甘いカクテルが酔いを促進したらしく、千穂はドキッとするようなことを言い出した。それが昭彦の狙いでもあったのだが。

「パンティはどんなのを穿いてる？」

「あんまりイヤらしくはないけど、やっぱり赤とか黒とかのTバックが多いですね。最近はガーターベルトと色を揃えたり、ブラとの三点セットを着けたり……」

「ふうむ、秘かに下着のおしゃれをしているわけか」

「ええ。下着のおしゃれなんてあまりしたことはなかったけど、凝りだすとやめられないですね……」

「今は、どんなのを穿いてるんだい。見せてくれよ」

「えっ、叔父さまに……？」

目を丸くした。

「だって、誰かに見られたくて穿いてくるんだろ？」

「それは……そうですけど……」

「この席はどこからも見えないし、コンパニオンも呼ばない限り来ない。真っ裸になったって分からないよ。ほら、少し脚を開いてごらん」

「そんな……、叔父さまに見せるなんて……どうしたらいいかしら……」

しばらくモジモジしていたが、仕方ないような仕草でぴったりと合わせていた腿をそうっと離した。真正面に座っている昭彦の目に、モロに股間が見えてきた。

「なるほど、赤か。ダブルXだな」

「いやだ、そんな意味じゃないんですよ……」

ククッと笑って、もう少し脚を広げた。ミニスカートの裾をたくしあげる。チョコレート色のストッキングの上端が見え、白い太腿の肌が露出した。ガーターベルトは黒だ。

「うーん、そそられる。千穂が姪でなければ食べてしまいたい」

昭彦は本音を洩らした。幸代も色白だが、千穂も母親に負けず抜けるように色が白い。ストッキングの濃い褐色、パンティの真紅、透ける布地の向こうに見える秘毛の黒色のコントラストが非常に鮮烈で欲望をそそる。彼の器官はまた怒張した。

「叔父さまって、若い子が好きなんですか？」

じらすように腿をつけたり離したりしながら、とろりと酔った目付きの娘は訊いた。

「好きだね。まあ、熟女も好きだが……」

昭彦は位置を変えた。姪の隣に座るようにして、肩を抱く。千穂は叔父の体にもたれかかってきた。全身から力が抜けている。今までしゃべったことと下着まで露出して見せたことで、彼女も昂奮してきている。

「話の続きだが、どうして初枝ママの店に勤めることにしたんだ。どこで、あの店のことを知った？」

肩を抱いた手を滑らせて洋服の上からそうっと背筋や項《うなじ》、わき腹を撫でた。本人が撫でられているのかどうか分からないぐらいのタッチで。それが案外、効果がある。千穂の体は熱く、悩ましくかぐわしい体臭を発散させている。吐息も熱い。

「やっぱり話さなきゃダメですか？」

「そりゃそうだ。おれがあの店でどれだけ驚いたか、考えてもみろ。おまえの保証人なんだぞ」

「うーん、恥ずかしいな」

しばらく躊躇ったが、

「話したら、もう少し、スタジオで働いてもいいと許してくれます？　母にも内緒にしてくれます？」

条件をつけてきた。叔父が遊興と快楽を好む人間であることはある程度、推測はしているが、どこまで自分の味方なのか、まだ不安が払拭《ふっしょく》されたわけではない。

「もちろん秘密は守るよ。あそこで働くことに関しては、許すも許さないもない。千穂は一人前の成人だ。自分の判断で何でも出来る」

千穂はホッとした様子を見せた。

「じゃ、正直に打ち明けます」

『スタジオ幻夢』の存在を知ったのは、脅迫者が第二資料室にわざと置いておいた投稿写真誌からだった。

三回目に呼ばれたときに置いてあった『投稿露出メイト』という雑誌を、男が去った後、千穂はこっそり持ち帰った。

さまざまなポーズで露出プレイを行なっている女たちの写真は、千穂を昂らせた。自分の部屋でこっそり見ながらオナニーに狂う夜が続いた。男からの脅迫電話がやんだ後も、あの密室での体験を思い出すと下着が濡れ、自己愛撫に耽った。そのときの昂奮を高めるためにも、この雑誌は手放すことが出来なくなってしまった。

そうやって『投稿露出メイト』の隅々にまで目を通していると、偶然に『スタジオ幻夢』の広告が目についた。一ページを費して探訪記事ふうに仕立てたやつだ。

〝どんな恥ずかしいポーズもOK、お好みのモデルがお好みの衣裳を着て撮影に応じる、夢のスタジオ。六本木に出現――〟

使われていた小さな写真の中では、ベッドの上でセーラー服姿で悶えているモデルを男性が撮影していた。明らかにオナニーポーズだ。それを見ただけで、千穂は胸がドキドキした。

自分がモデルになったような錯覚。

　スタジオの簡単な説明の後に、初枝ママのコメントが載っていた。

「ここのモデルさんは、風俗店から流れてきたような女性は使いません。私たちスタッフが街でスカウトしてきた、まったくの素人さんばかりです。ロリータから熟女、スリムもグラマーも、いろいろなタイプを揃えています。アルバムでも選べますが、待機しているモデルさんをマジックミラーで見て、選べます。そのときは全員パンティ一枚です」

　それを読んだとき、千穂の昂奮は極限まで高まった。

　好色な男たちが特殊な鏡ごしに、ショーツ一枚の自分の裸身を眺め回すという。そうやって選び出された後は、密室のスタジオで一対一で、オナニーを含む卑猥なポーズを要求されるのだ。

　数日、迷ったあげく、千穂は記事に書かれてあった『スタジオ幻夢』の電話番号にかけてみた。ハスキーな声の女が出た。初枝ママだ。

「モデルとして雇ってほしい」というと、「では、都合のよい時間にお店にいらっしゃい」と言われた——。

「なるほど、それで『スタジオ幻夢』のモデルになったわけか……」

　昭彦は納得がいった。

「それから、どうした？」

「それからは……自分の口からはとても言えないことばかりです」

千穂は両手で、火照《ほて》る頬を挟むようにして口ごもった。

「でも私、そのときから日記をつけているんです。スタジオで体験したことを記録しておこうと思って……。口では言いにくいことも書いています。それを読んでいただけませんか？」

「そうか、ぜひ読ませてもらいたいね」

「だったら、明日、お渡ししましょうか」

昭彦は腕時計を見た。

「いや、これからアパートまで送ってゆくから、そのときに貸してくれないか」

「分かりました」

遅くなるとタクシーが拾いにくくなる。早めに『ラ・コスト』を出ると、昭彦はタクシーで千穂をアパートまで送ってやった。

「会社勤めして、男の人とこうやって帰るなんて、初めてですよ」

叔父の肩にしなだれかかって、甘えるような声を出す千穂だ。

千穂が借りているアパートは白いタイル張りの、瀟洒《しょうしゃ》なワンルームマンションだった。いかにも現代の若者好みというモダンなデザインである。三階の部屋だという。

「きみのお母さんは、家賃が五万円だといっていたが、そんなものじゃないな」

昭彦が指摘すると、千穂はそれを否定しなかった。

「実は、少し広めのお部屋なので、八万円なんです。母を心配させたくなくて」

「だから、あのアルバイトを始めたのか？」

「ええ。そもそもはアルバイトをするために家を出たかったということもあるし……」

タクシーはワンルームマンションの玄関の前に止まった。

「叔父さま、千穂のお部屋にいらっしゃいますか？」

少し口ごもった。期待しているのか恐れているのか。

「いや、今夜はやめておくよ。また今度な」

彼女の部屋に入ってみたい気持が無いわけではないが、二人きりになったら叔父と姪の関係だけに保つことが難しくなる。昭彦はたいていの背徳行為は恐れないが、子供の頃から可愛がってきた姪と肉体関係を持つとなると話は別だった。まだ、自分の中でそこまでの覚悟は出来ていない。

「じゃ、少し待って下さいね」

千穂は部屋に入り、五分ほどして大判の封筒を手にして駆け戻ってきた。

「これです。ご覧になって下さい、とても恥ずかしいけれど……」

彼女は玄関の前に佇み、叔父の乗ったタクシーが見えなくなるまで見送った。

第七章　モデル初日の日記――愛子

恵比寿の自分のマンションに帰ると、昭彦はまずシャワーを浴び、バスローブを纏ってからリビングのソファに腰かけ、バーボンのオンザロックを啜りながら、千穂が渡してよこした日記を広げた。

日記といっても、ごくふつうのルーズリーフ形式のノートだ。

千穂の字はきちょうめんな性格を表すように、キチンとした楷書体で非常に読みやすい。

横罫のノートに横書きで書かれている。

最初の日付けは、ほぼひと月前。脅迫と凌辱が途絶えてから二週間後のことである。

千穂は事実を淡々とした筆致で綴《つづ》っている。

《＊月＊日（土）

今日は、私の人生にとって記念すべき日なのかもしれない。たとえそれが、転落の始まりだとしても、昨日まで歩いていた日常的なコースから外れたという意味で。

今まで日記などまじめにつけたことがない私だけれど、ついこの前までの私と、今の私はまったく違う。その変化をもっと深く見つめ、自分を見失わないためにも、あのことに関したことだけでも、記録してゆこうと思う。

発端は昨日。会社が終わってから、思いきって『スタジオ幻夢』に電話してみたのだ。

私よりずっと年上らしい女性が出た。声や語り口に親しみがあり、何となく姉御肌といった感じ。嶋田初枝さんといい、オーナーでありマネージャーだそうだ。

「モデルとして勤めてみたい」と言うと、まず、どこでスタジオのことを知ったのかを聞かれた。正直に『投稿露出メイト』に出ていた広告だと答えた。

どこか風俗のお店で働いていたことがあるかと聞かれて「まったくありません」と答えると「それじゃ、明日にでも面接に来て下さい」と言われた。

時間は午後一時。六本木＊丁目の第一共同ビルの六階のオフィス。

きっかりの時間に訪ねると、三十代半ばぐらいの、華やかな感じのする豊満な美女が迎えてくれた。それが嶋田初枝さんだった。スタジオは午後二時からだから、その時間、オフィスには誰もいなかった。

「おやおや、電話の感じよりもずっと、お嬢さんタイプなのね」

初枝ママ（事務所の中では、皆がそう呼んでいるという）は、最初に私を見てそう言ってくれた。

面接は簡単だった。私の職場や家庭環境のことなど、ほとんど聞かれなかった。

「あの記事を見たのなら分かっていると思うけど、このスタジオは単にモデルさんのヌードを撮影するだけの場所じゃないの。いろいろセクシィな演技をしてみせて、その演技の一環として最後に男性を喜ばせてあげる——そういうシステムなの。そこの所は分かっているわね」

そう念を押して私が頷くと、ママは体を見たいから服を脱ぐように、と言った。

同性であっても、いや、同性だからこそ、裸を見せるのは恥ずかしい。私はそのことを予想して入浴してきたのだが、やはり真っ赤になってしまい、ママに笑われた。

パンティ一枚になると、ママは私に、床に膝をついて、頭の後ろで両手を組む姿勢を命じた。お客がモデルを選ぶとき、モデルたちは必ずその姿勢をとるのだという。

ママは私の肌の白さ、乳房の形、乳首がピンク色していることをほめてくれた。そうやってママに眺められるだけで体の芯がうずくのを感じた。

次にパンティを脱ぐように言われた。同じ姿勢をとらされると、ママは手を伸ばして乳房やお尻を撫でるようにした。私は売買される家畜か何かで肉のつき具合を検査されているような錯覚を覚えて、ひどく興奮してしまった。

ママの手が下腹に伸びて、ヘアを撫で「柔らかくて手触りがいい」と褒めてくれた。こんなふうにシナシナして手触りのよいヘアの持主はあまりいない、とも。

やがてママの手が私の割れ目に触れ、指でその部分が開かれた。私はボウッとして半分泣きそうな顔をしていたに違いない。それでも腿を閉じる気は少しもなかった。指が入ってきて、私は簡単に受け入れることができた。いつの間にか内側は充分に潤っていたから。

「感じやすい体質ね」

ママは二本の指を動かした。いやらしい音がした。クリトリスも弄られた。私は呻き、腰をよじった。第二資料室であの男に弄ばれている記憶がよみがえって、私はよけい高ぶった。時間が過ぎ、甘い絶頂が訪れた。私は声をあげて後ろにのけぞり、カーペットの上に倒れてしまった。

「なかなかいい顔よ」

ママはニッコリ笑った。その笑顔を見て私は身体検査に合格したのだと分かった。

服を着けた私に、ママはモデルのランクがシングルX、ダブルX、トリプルXの三段階に分かれていることを説明してくれた。モデルは自分で好きなランクを選べるという。

ランクが高い方が、必ずしも高額の収入を得られるわけではない。「最初からダブルやトリプルだときついかもしれないから、慣れるまでシングルXでやってみたら?」とアドバイスしてくれた。その言葉で初枝ママを信用する気になった。金を稼がせるだけが目的だったら、ダブルXやトリプルXをすすめるだろうから。

料金のシステム、ギャラ、勤務時間（午後二時から真夜中まで、自分の都合に合わせて来ていいという）の説明の後、ショールームに案内してくれた。

六畳ぐらいの窓のない洋間。飾りは何もない。廊下に面した壁に大きな鏡がはめこまれていた。マジックミラーで、廊下の側からは素通しなのだという。モデルは内線電話の合図でお客が来たことを知らされ、Tバック一枚になってさっきのポーズをとる。気に入られたら前に呼ばれ、そこで全裸になって、お客に要求されるまま性器や肛門を広げて見せるのだという。その説明を受けているだけで、下着がひどく濡れてしまった。

「出来ると思う？」と最後に聞かれ、「やってみます」と私は答えた。ウィークデイはお仕事があるから、来られるのは土曜、日曜なのだが、ママはそれでいいと了承してくれた。そういうモデルが多く、お客もそれを知っていて週末にはずいぶん混むらしい。

最後に、「帰る前にここへ寄って」と、近くの産婦人科を教えてくれた。私が健康かどうか検査をするのだという。そこの医師とは親しいので、診察に関しては保険証もお金の支払いも必要がないという。

明日の午後二時に来ることを約束して、私は教えられた産婦人科に行った。近くのビルの中にある『佐奈田クリニック』という診療所で、あまり客の姿はない。受付でママの書いてくれたメモを渡しただけで診察室に案内された。

佐奈田という医師は四十代ぐらいの、頭の禿げあがった精力的なタイプ。私は下着をとって診察台に上がらされた。婦人科の診察台に上がるのは生まれて初めてで、その屈辱感といったらなかった。若い看護婦は私の性器を何度もガーゼで拭った。医師は何か棒のようなものを膣に押し込み、それから薄いビニールの手袋をはめた指を挿入し、しばらく中を探っていた。さらに別の指が肛門から押し込まれた。なんという屈辱。私は気が遠くなった。

一分が一時間にも思われる時間が過ぎて、指が引き抜かれた。佐奈田医師は、愛液に濡れたゴム手袋をわざと私に見せつけるようにして笑った。淫らな笑いだ。

その後の問診で、生理の周期と様子を聞かれた。少し不順気味で生理痛もあると告げると、錠剤をくれた。避妊用のピルだという。

「避妊にもなるけど、本来は生理不順の治療薬だから、毎日これを服用するように」と言った。四週間服用して、二十九日目にやめると生理が来て、四日後にまた呑み始める。それで生理が規則正しくなり、生理痛もうんと軽くなるという。

看護婦が腕から採血し、その後トイレで尿をとらされて診察は終わった。

——今、この日記を書きながら、明日、あのスタジオでどんな体験をするのか、それを考えてみただけで体が震える。とても恐い。私はとんでもない間違った道に踏み込んでしまったのだろうか？

＊月＊日（日）

昨夜はほとんど眠れなかった。

「まだ三十分も早いわよ」

スタジオに行くと初枝ママが笑った。まぶたが腫れたようになっているから、睡眠不足だとひと目で分かったらしい。

「眠れなかったのね。まぶたが腫れて可愛い顔が台無しよ」

目薬をさしてくれて、その後、自分の化粧バッグを開いてアイシャドウをつけてくれた。ふだんはお化粧しない私だから、それだけで大分、印象が違って見える。

「どうせだったらヘアも変えてみようか。長めのヘアが人気だから」

何種類かのヘアピースとかつらを取り出してきて試してくれた。モデルの中には「知った人がやって来て、見つかるのが恐い」という人がいて、そういう不安を解消してあげるためにお化粧と髪型を変えて別人のようにしてあげるのだという。

長めのヘアピースをつけると、雰囲気がグンと大人っぽくなった。お化粧も少し濃いめにすると、自分でもびっくりするぐらい印象が違ってしまった。「これなら知った人が来ても、ちょっと分からないわね」とママも言う。別人になることの快感。

そうこうしているうちに、モデルさんの一人がやってきた。

最初に会ったのはセリナという、キュートな感じの子。二十歳だというけど女子高生みたいに見える。ただし肉体はよく発達している。

「今日から入った愛子ちゃん。いろいろ教えてあげてね」

ママが紹介してくれた。愛子というのはママが考えてくれたスタジオでの名前だ。

やがて、お客からの電話がかかってきた。「仕度をして」と言われて、セリナと一緒に控え室に行った。控え室はショールームの隣の和室で、会社のと同じようなロッカーが十個ほど置いてある。

「空いてるのなら、どれを使ってもいいの」とセリナは言い、さっさと洋服を脱ぎ、真っ裸になった。私も彼女にならって服を脱いだ。ロッカーの中には薄いピンク色の、シルクのガウンがかけてある。パンティまでサッサと脱いでしまったセリナは、そのガウンをはおった。丈は短くてハンテンのような感じ。このガウンが待機中の衣裳なのだ。セリナは、部屋の隅のタンスの抽斗を開けた。中にはきれいなレースのTバックが何枚も入っていた。全部未使用のものだ。白いのと赤いのと黒。セリナは白いのをはきながら、モデルたちはそれぞれのランクに応じた下着を選んで穿くのだという。「制服貸与ね」と言って彼女は笑った。

使い終えた下着は原則として自分で洗って返す。しかし、たいていはお客さんが買い取ってくれるという。使用ずみのパンティは三千円で、買ってもらうと半額がモデルの収入になるという。

私はセリナのように大胆になれず、パンティを着けたままガウンをはおり、それからTバックに穿きかえた。私も持っている、後ろが紐のようになったタンガふうのもので、クロッチが狭いのでけっこう食いこんでしまう。それに、レースの網目からヘアがほとんど透けて見えてしまう。私はそれをはいただけで体が火照り、子宮がうずくのを感じた。

私たちはショールームに入った。八畳ほどの何もない洋間だ。カーペットに座ってお客を待つ。ゆうべはママの指でイカされたこと、佐奈田という医師の屈辱的な検査などを思い出し、また、このスタジオでどんなことをされるのか、いろいろ想像していると興奮してきて、何度も何度もオナニーにふけって、そのせいで眠れなかった。ショールームは暖房もきいていて、一人だったらきっと眠ってしまったと思うけれど、セリナは話し好きらしく、いろいろ話しかけてくるので、眠たいと思う暇がなかった。

彼女の話では、初枝ママは「風俗のお店」の方では名前をよく知られている人のようだ。女の子とお客の双方を大事にする人らしい。少し前に独立して、かねてから考えていたこのスタジオをやり始めたという。セリナもずいぶん彼女のことを信頼している。

彼女は私と同じように高校を出てすぐ就職した。ところが勤め先の上司とすぐ愛人関係になって、一年後にそれがバレて上司ともども居づらくなって退職した。それ以来、喫茶店のウエイトレスなどアルバイトをして暮らしていたが、三カ月前、たまたま原宿の表参道を歩いているときにママに声をかけられて、ここで働くようになったという。

「最初、恥ずかしくなかった？」と訊くと「そりゃ恥ずかしかったけど、恥ずかしいところを見られて写真に撮られるって、けっこう快感でしょ。愛子ちゃんだって濡れたんでしょう」と言われ、赤くなってしまった。セリナによれば、ママはスカウトした子でも自分からやってきた子でも、テストのときにパンティを濡らすようでないと雇わないのだそうだ。

セリナは家族には、「六本木の知った人の事務所で電話番みたいなことをやってる」とウソをついているそうだ。私も、毎週末に出かける理由を考え出さないといけない。

やがて部屋の片隅にある電話機のブザーが鳴った。お客が来たという合図だ。セリナはガウンを脱ぎ、鏡に向かって昨日、私がとらされたポーズ——両手を頭の後ろで組み、股を少し広げるようにして膝で立ち、お腹を突き出すようにする——をとった。私もそれにならった。

胸がドキドキしたけれど、自分は選ばれないと確信していた。セリナの見事な裸を見て自信が失せたからだ。彼女と私を比べたら、どんな男性でも彼女を選ぶに違いない。

やがて鏡の向こうから声がした。ママが説明している。

「右手の方が今日、入ったばかりの愛子ちゃんです」

「ふーん。じゃ、あの子を試してみようか」

私はびっくりした。ママが呼んだ。

「愛子ちゃん。前に来て」

鏡のすぐ傍のところにスポットライトの当たる場所があって、私はオズオズと膝で歩いていった。心臓は飛びはねてるみたいで喉はカラカラ、膝はガクガク震えている。一瞬、どうしてこんな所に来てしまったのか、と後悔する気持が湧いた。

ママの声は厳しかった。

「パンツを脱いで、大事なところをお見せするのよ」

お客は私のヘアと割れ目をじっくり眺めていたに違いない。たっぷり一分間ぐらい、私は全裸で品定めのポーズをとらされていた。内股まで愛液が溢れてきて、私は泣きそうな顔をしていたに違いない。頭がボーッとしてきた。

次に後ろを見せ、前に倒れてよつん這いの姿勢をとらされた。そうやってお尻を上げると、私の肛門までハッキリ見えてしまう。あの第二資料室での思い出がドッと押し寄せてきた。鏡の向こうのお客が、あの脅迫者のように思えた。

「よし、決めた」

お客がそう言うのが聞こえたとき、私は全身から力が抜けたような気がした。

「幸先いいわよ。今のお客さん、たぶん三枝《さえぐさ》さんだわ。ここの常連なの。モデルにはとても親切だし、優しいから安心していいわよ」

セリナはそう言って私を励ましてくれた。

オフィスの部屋に行くと、お客さんはやはり三枝さんといって、年齢は五十代そこそこ。ブルゾンにジーンズという、自由業という雰囲気の人だった。何か出版関係の仕事をしているという。

私は前もって教えられたとおり、床に正座して「指名していただいてありがとうございます」と感謝の言葉を述べた。買われた奴隷の言葉。体が震える。

「この人は先生みたいなものだから、言うとおりにしていろいろ教えてもらうのよ」

とママも言った。

私は裸の上に薄手のコート一枚を着て、三枝さんに連れられBスタジオに上がった。事務所の一階上の、同じようなタイプの部屋だ。

モデルの最初の仕事は、お客の好みの衣裳を聞いて、その準備をすることから始まる。

三枝さんはカメラバッグから機材を取り出しながら「愛子ちゃんの感じからして、婦人警官の制服なんかが似合うな」と言った。紺の半袖のジャケットにボックスプリーツのスカート、略帽。下着は白いブラとパンティ、肌色のパンスト、白いハイヒール。

衣裳が決まったら、お客さんの体を洗う。三枝さんは全裸になり、バスルームの洗い場の椅子に座った。私も裸になって向かい合う。

「これはね、スケベ椅子といってソープランドなんかで使っているやつだよ」と教えてくれた。男性の股間の部分が割れていて、肛門の方まで手で触れるようになっている。三枝さんは親切に（嬉しそうに）手とり足とりという感じでペニス、こう丸、肛門を洗いながら巧みに興奮させるテクニックを教えてくれた。最初は全裸で男性と向かい合っていることで恥ずかしさを覚えていた私だが、やがて先生から教えられる生徒のように真剣になって、恥ずかしさを忘れてしまった。

三枝さんは洗っている最中、ときどき私の乳房やヒップに触り、肌の白さなどを褒めてくれた。浴室を出ると三枝さんには短いローブを着せてあげて、私はすぐに婦警の衣裳を着けた。

撮影が始まった。スタジオはベッドと椅子の置かれた個室。

まず最初にふつうの立ったポーズで何枚か。三枝さんは大きなストロボをつけたプロの使うようなカメラでバシャバシャとシャッターを切る。不思議なものでだんだんプロのモデルのような、そのうち本物の婦人警官のような気がしてきた。

やがて「スカートを持ち上げてみて」と声がかかった。最初は膝の上、それから、太腿、最後はパンティが見えるぐらいまでスカートをめくりあげる。笑うようにと言われても、そうやって下着が見えるような仕草をして、なかなか笑えるものではない。

最後には両足を開きぎみにして立ったまま、スカートを思いきりめくりあげ、パンティがまる見えになるポーズで前と後ろから撮影された。

「恥ずかしい？」と訊かれた。私はきっと泣きそうな顔をしていたのだろう。

「ええ、さっき浴室で裸でいたときより、今の方がうんと恥ずかしいです」と正直に答えると「それが本当なんだ。慣れたプロのモデルも、全裸でポーズをとってるときより、休憩時間に下着姿でいるところを撮られる方が恥ずかしいと言うよ」などと言う。「男性というのは、女性が真っ裸で『さあ、いらっしゃい』というふうに大股開きで言われても興奮しないものなんだ。逆に、ふとした拍子でスカートの下のパンティがチラリと見えただけで激しく興奮する。このスタジオは、そういった男性の奇妙な欲望を満足させるために初枝ママが作ったんだよ」と教えてくれた。

次は椅子に腰かけて、片足を肘かけに乗せてパンティを見せつけるようなポーズ。その頃からもうパンティの内側はグショグショに濡れているのが自分でも分かるほどだった。

椅子の後はベッド。仰向けに寝てスカートをたくしあげ、パンストの上から股間を撫でるポーズ、次にパンストの下に手を入れ、最後にはパンティの中へ指を入れて自分自身を愛撫させせられた。いきなり「オナニーしろ」と言われたら抵抗があったかもしれなかったが、順々にエスカレートさせてゆくので、気がついたときにはもう勃起したクリトリスを刺激して、呻いたり悶えたりしていた。

「パンストを下ろそう」「パンティを少し下ろして」「もっと下ろして」「片足から抜いて腿のところにかける形で」「上着の前をはだけて」「ブラのカップを上へ」「乳首を揉んで」

三枝さんは私の体に指一本も触れず、言葉でだけ指示する。それなのに私は全身をいじくり回されてるような錯覚を覚えた。愛液は自分でも驚くほど溢れ、最後は指を三本も入れさせられて片方の指でクリトリスを揉みながらイッてしまった。青白いストロボの光を浴びながら。

「いやあ、迫真のシーンがとれたよ。それにしても感じてるときの愛ちゃんの顔はチャーミングだ」

三枝さんはそうほめてくれながら、伸びてしまった私の股間を拭い清めてくれた。

それからいよいよ、Fオプション——フェラチオの演技だった。三枝さんは三脚にカメラをのせて長いコードを伸ばしシャッターを切った。

全裸の三枝さんが、ハイヒールに略帽だけかぶった私の前に立ちはだかり「くわえて」と命じた。私は第二資料室にいるような錯覚を覚えた。私の目の前に血管を浮き立たせ紫色に充血したペニスが見えた。若くはないからコチコチに堅いというわけではないが、それでも、あの男よりずっと堅い。そして水平よりやや上を向く具合に突き出している。私はそれに触れた。

「汚いものをつまむような感じだと、お客が気分を壊すよ。うやうやしく捧げもつという感じで。そうそう。そうやってまず先っぽに軽くキスして、尿道口を舌でつつくようにして……」

三枝さんに言われるとおり、私はキスした。舐めたりしゃぶったり、喉の奥まで頬ばったりした。ペニスは一層膨らみ硬くなり、尿道口から透明な液が溢れてきた。私は少しも嫌悪を感じることなく、口の中でズキンズキンと脈動する感触を楽しんだ。三枝さんはこう丸や会陰部や肛門の周辺などの愛撫や刺激の仕方まで教えてくれた。

その間、三脚のカメラが何回か発光した。コードを使ってシャッターを切っているのだ。私が男性の股間に顔を埋めて奉仕している姿が撮られている——と思うと激しい高ぶりを覚え、お洩らしをしたかのように愛液が溢れた。

「よし、そうだ。そうやってミルクを吸うようにして……」

指示を下していた三枝さんの声が、やがてうわずってきた。

「うん、いいよ、そうだ……。感じるなあ、うまい……続けて」

三枝さんが強い快感を味わっていることを知って、私の興奮はさらに高まった。舌のつけ根も顎も麻痺してきて感覚が無くなってきた頃、三枝さんは私の頭を強く押さえ、腰をグンと突き出した。口の中でペニスがブワッとふくれあがった。

「いくよ、愛子！」

そう叫んで射精した。ドクドクドクッと生温かい精液が私の口の中に注ぎこまれる。私は夢中でそれを呑み下した。私は呑みながら軽いオルガスムスを感じていた。

「おいおい、呑んだのかい。まあ、おれは病気はないからかまわないけど……」

全量を放出し終えた三枝さんは苦笑いをした。ふつうは呑みこまずにティッシュに吐き出し、その後でうがい薬を使って口の中を消毒するのだという。

「最初っから呑む子は珍しいなあ。いつも呑んでるの？」と三枝さんに言われて私は真っ赤になってしまった。あの男に命じられたさまざまなことを思い出したからだ。

もう一度浴室に入り、三枝さんのペニスを洗って撮影は終わった。彼は私が濡らした白いTバック、白いパンティを買って持ち帰った。

最初の仕事を終えてオフィスに戻ると、セリナはAスタジオの方に入っていて、別なモデルが待機していた。マリさんという人で、私よりずっと年上。肉体はグラマラスだが容貌は楚々として品がある。口数は少ないが、親切そうな人だ。

彼女は黒いTバックをはいていた。ということはトリプルXなのだ。

「私はね、肛門で感じるの。だから、肛門を犯してもらいたくて、それでトリプルやってるのよ」とマリさんは言った。彼女を指名するお客さんも、ほとんどが彼女の肛門を楽しみたくてやってくるのだという。肛門にペニスを挿入される快感など私には想像も出来ない。

やがて新しいお客がやってきた。マリさん目当てのお客で、すぐにマリさんは鏡の前に呼びだされた。お客さんは彼女に、パンティを脱いでよつん這いになり、両手を後ろに回して尻たぶを広げるように命じた。品定めで誰かが呼ばれた後は、残りのモデルは正座して静かにしているのだが、私の目の前でマリさんが全裸になり、屈辱的なポーズを強いられるのを見ているだけで、私は自分がマリさんになったような錯覚を覚え、はきかえたばかりの白いパンティが濡れてしまった。

「アナルフィストは出来ますか」とお客さんがママに訊いている。「前は出来ますけど、後ろはまだ調教中なんですよ。お試しになるのはかまいませんが、傷はつけないで下さいね」という答え。

マリさんは指名を受けて出ていった。うっすらと頬を紅潮させて。

その後、赤いTバックをはいたユカという、私と同じOLをやっているという子が入ってきた。体はスリムだ。彼女にアナルフィストって何かを訊いてみた。「肛門に握りこぶしを入れることよ」という答えに驚いてしまうと、彼女は笑いながら、バギナのフィスト・ファックとアナルのフィスト・ファックのことを教えてくれた。確かに赤ちゃんを産むことを考えれば膣に手首まで入れることは可能なような気がするが、肛門に入れられるとは思えない。そう言うとユカは笑って「初枝ママは出来るのよ。前も後ろも。あの人は最初、SMクラブで働いていたけど、それで有名になったの」と教えてくれて、私は二度びっくりしてしまった。

しばらくして撮影を終えたセリナが戻ってきた。

「またセーラー服よぉ。どうしてみんな、私にセーラー服を着せたがるのかなあ」とぼやいている。彼女は他の衣裳も着たいのだが、彼女を指名するお客さんは彼女の可憐なエロティシズムに惹かれて、誰もがセーラー服を着せたがるのだという。

やがて二回目の指名がついた。

呼ばれてオフィスに行き、お客を見てびっくりしてしまった。昨日、私の膣や肛門を検査した佐奈田という医師だったからだ。

「検査結果を持ってきたついでだから、きみを試してみたくてね」と言う。顔は笑っているけれど、目はまるで蛇のように冷たく私を観察している。私は背筋をさか撫でされるような恐さを覚えたが、同時に子宮がキュンと締まるような興奮を感じたのも事実だ。

「検査の結果、愛子ちゃんは完全に健康だそうよ」とママ。私は、今度は一階下のCスタジオへ連れてゆかれた。

衣裳は看護婦の白衣だった。白衣など毎日見慣れているような気がするのだが、学校の先生だってセーラー服の少女に欲情するのだから、不思議ではないのかもしれない。

体を洗った。ペニスはそんなに大きくないのだが、私の手の中で鉄のように硬くなった。

彼は店に備えつけのポラロイドカメラで私を写した。白衣をまくったり、下から撮ったり。オナニーシーンではバイブを使わされた。第二資料室で使わされたのより小さいので刺激してから、充分に濡れた割れ目に入れさせられた。凄く感じて大きな声をあげてしまった。二度、三度とイッてしまった。

佐奈田医師は私をあおむけさせ、顔の上にまたがってきた。口にペニスを差し込み腰を動かし、二分ほどで噴きあげた。私は彼の自慰用の道具にされた気がした。本来なら嫌悪すべきことなのだろうが、そうやって扱われることに不思議な興奮を覚えたのは事実だ。

時間がたつにつれ、続々とモデルが来、お客も来て、三つのスタジオはフル回転になった。ショールームの中では、十分おきぐらいに品定めのポーズをとらされる。

十時に最後のお客がついた。三枝さんや佐奈田医師に比べたらずっと若い。大学生という感じだ。

「学生さんですか？」ときくと、頭をかいて「まだ浪人なんだよ」と言う。年齢は二十歳で私と同じ。弟とそんなに変わらない。彼は私にセーラー服を着せた。

「姉さんが高校時代に、こんなセーラー服でね。眩しい思いで見ていたよ」と言う。私は彼の姉に似ているとも。

若くて溜まっているせいか、フェラチオをしてあげると、アッというまに噴きあげてしまった。彼の精液は苦く、濃かった。ゼリーのようにプチプチしている。あんまり溜めすぎると固まってしまうのだろう。

彼はすごく恐縮して帰っていった。私が穿いて濡らした、白いシンプルなビキニのパンティを抱いて。帰って私の匂いを嗅ぎながらオナニーをするのだろう。

結局、今日のお客はこの三人。三人の目の前で私は本気でオナニーをしてみせ、唇と舌でペニスを刺激し、精液を口に受けたのだ。

体はクタクタに疲れていたので、家に帰るとすぐにベッドに倒れこんだのだが、不思議と目が冴えて眠れない。今日一日のことを思い出して子宮は甘くうずく。仕方なく、またオナニー。壁一つ向こうでは弟が受験勉強をしているのだ。どうしたって呻き声やベッドのきしみが聞こえてしまいそうだ。

こういう仕事を続けるならば、弟に迷惑をかけないためにも、アパートを借りて一人暮らしをしないといけない。》

第八章　叔父のお仕置き告知

（ううむ、これは凄い……！）

姪の日記を読みながら、昭彦は唸った。初めてポルノ小説を読んだ若者のように昂奮してしまった。実際、彼女の手記はそこいらへんのポルノ小説よりも昂奮させる。

最初の日には三人の客のモデルをつとめた千穂は、次の週の土曜には二人、日曜には四人、また次の週は土曜には生理がかかっていたが、日曜には五人の指名を受けている。シングルXの中では売れっ子といっていい。「ごくふつうのお嬢さん」という印象が、好きものたちの欲望をそそるのだろう。

翌週は決算のため休日出勤が二日続き、『スタジオ幻夢』にはやって来られなかったのだが、その間も千穂は、毎夜オナニーを繰り返している。一度イクだけでは満足せず、二度、三度と絶頂するようになった。二週目にはこういう記述がある。

《＊月＊日（水）

しい。

昨夜は失敗してしまった。

真夜中のオナニーで、興奮しすぎて大きな声を出してしまったのだ。

「姉さん、どうしたの……？」

翔がドアの向こうから声をかけてきた。苦しそうな声に聞こえたので、病気かと思ったら
「何でもない。悪い夢を見てうなされたみたい」

あわてて誤魔化したが、オナニーだと気づいたのではないだろうか。

まだお金はそんなに溜まっていないが、こんな状態では弟に迷惑がかかると思い、今日、ママに「翔の受験勉強の邪魔になりそうだし、会社の通勤にも便利なところにアパートを借りたい」と相談してみた。案外アッサリOKしてくれた。アパートマンション情報を買ってきて、大森に適当なワンルームマンションが見つかったので、明日、会社の帰りに見てみようと思う……。》

結局、母親から敷金と礼金を前借りして、翌日には不動産屋と契約して、その週末には引っ越しをすませている。これまでの千穂からは考えられない行動力だ。

日記は、一昨日の記述で終わっている。代休で『スタジオ幻夢』に出勤し、叔父とは知らないで品定めのポーズをとって見せた日のことだ。この日、彼女は三人のお客に指名された。

一番最後の客は、年代ものの二眼レフを持参してやってきた七十歳を過ぎた老人で、フェラチオ演技は時間延長をして、ようやく射精させることに成功した。

《量は少なく、水のようで、味も薄い》と記してある。

電話が鳴った。時計を見ると真夜中を回っている。受話器をとると千穂だった。

「叔父さま、私の日記、読んで下さいました？」

「ああ、読んだところだよ」

「どうでした？」

「どうでした、って……。感心したというか、昂奮したというか……。千穂がこれだけ見事にあそこのモデルになれたことに感心したよ」

「すごい淫らな女だとお思いになりました？」

恥ずかしそうな声が一層、蚊の啼くように小さく薄れた。昭彦は姪もまた激しく昂っているのだと気づいた。自分のハレンチな行動を記した手記を読まれたということで、露出願望が一層刺激されている。

「そうだ。千穂はスケベ女だ。毎日、男にいやらしい姿を見られて写されて昂奮し、毎晩毎晩、二度も三度もオナニーしなければ眠られない女だからな。スケベで淫乱で露出狂だ」

「ああ……ごめんなさい、叔父さま……。うっ」

電話線の向こうで若い娘が喘いだ。熱い呻き。

(電話をかけながらオナニーをしているな)

昭彦は察した。だったら、自分は彼女に協力しなければ。

「いや、許せないな。自分の娘がこんな商売をしていると知ったら、きみのママはどんなふうに思うかな。弟の翔くんもだ。保証人として私の立場もある。とにかくきみのママに相談しないと……」

「いやっ、そんなことは言わないで……! ダメぇ」

悲鳴のような声で哀願した。すでに「母親には秘密にする」と告げてある。昭彦とて姉にどうして『スタジオ幻夢』で千穂が働いているかを説明する段になると困る。絶対にそんなことはしない、と知っているのだが、彼女はそうやって叔父に叱責されている空想を楽しんでいるのだ。

昭彦は空想の中で身悶えしている姪に追い討ちをかけた。

「だったら償いをしないと、な」

「償い……?」

「そうだ。お仕置きだな。親にも内緒でこういう淫らなアルバイトをしているいけない娘を、私がお仕置きしてやる」

「ああー……」

その言葉だけでひどく感じたらしく、千穂はまた喘いだ。おそるおそるソッと訊く。

「どんなふうに、お仕置きするんですの？　叔父さま？」

「決まっている。スパンキングだ。お尻を叩いてやる」

「スパンキング……、千穂のお尻を？」

語尾が震えた。

「そうだ。今度スタジオに行くのはいつだ？」

「あの、今度の土曜と日曜ですけど……」

「よし。土曜日だな。おれが千穂を、いや、愛子を指名する」

「ああー……」

溜め息とも吐息ともつかぬ声を洩らす。

「そのとき、おまえは赤いショーツを穿くんだ」

「赤……ダブルXですか？　ということは……ああ、叔父さま」

泣くような声になった。

「悪い姪は、叔父さんがとことんお仕置きしてやる。覚悟しておけ」

むせび泣くような声がひとしきり聞こえ、

「あっ、うう……っ、叔父さま……、はあっ」

電話の向こうで途切れ途切れのよがり声がひときわ高まったかと思うと、いきなり切れた。オルガスムスに達する瞬間に意識的に切断したのか、あるいは無意識のうちに切ってしまったのか。

(あの臆病な兎を思わせる、すぐに泣きべそをかく少女だった千穂が……。何という変わりようだ)

賛嘆していると再び電話のベルが鳴った。千穂がまたかけてきたのかと思ったが、違った。太い、自信たっぷりの男の声だ。

「もしもし、佐野さん？　マーキーだけど」

さっき別れたばかりの『ラ・コスト』のオーナーだ。

「ああ、マーキー、何だい？」

「こんな時間に電話して申し訳ないね。お邪魔でないといいのだが」

「ぜんぜん。誰もいないから」

「ふうん……ということは、さっきのお嬢さんは、本当に姪ごさんだったのか」

昭彦は苦笑した。あのときの二人の雰囲気は、叔父と姪以上のものがあったに違いない。

「本当だよ。彼女を送って帰ってきたんだ。ところで何の用？」

「いや、さっき言おうかと思ったんだけど、せっかく楽しんでいるところを野暮な話で邪魔するのも悪いかなと思ってね……。実は先週の月曜、おたくの部長が来たんだよ」

「ほう？　小栗部長が……誰と？」

洋酒販売部長の小栗は彼の直属上司である。小栗と昭彦の関係は円滑とは言えない。

「ほら、秘書室の柳原とかいう秘書と」

「ああ、専務付きの秘書だ。うーむ、あの二人、出来ていたのか……」

「そうらしいね、スペシャル・シートでさかんにいちゃついていたから」

上司である小栗に『ラ・コスト』のことを教えたのは昭彦である。「居心地よいクラブで、女を安心して連れてゆけるところを知らないか」と尋ねられ、マーキーに紹介してやったのだ。バーの女でも連れてゆくのかと思ったら、社内の、それも役員秘書を連れてゆくとは。

（まったくいい度胸だ）

昭彦はほくそ笑んだ。向こうはマーキーと自分の関係がそれほど親密だとは思っていないようだ。そういう秘密を知っておくことは、社内遊泳術の武器として役に立つ。

「それはいいんだけど、つい二人の話が耳に入ってね、その中に佐野さんの名前が出てきたからおやおやと思って」

「おれの名前が？　いい話の中かい？」

「そうじゃない。佐野さんの内職のことだったよ」

個人でワインを輸入して売りさばいていることを言っている。昭彦はドキッとした。

「おい、本当か」

「嘘なものか。あの部長、あんたがあんまり勝手なことをやっているので頭に来て、身辺を調べたらしいぞ。『出張旅費をごまかして、ヨーロッパでどこか勝手に歩き回っている。どうも個人でワインの買いつけをやってるらしい、あの野郎、クビにしてやる』って息巻いていた」

(まずいな、そいつは……)

昭彦は唸った。いずれはこちらから辞表を出そうと思っているブルゴン商事だが、問題を起こし処分を受ける形で辞めさせられたくなかった。営業マンとして開拓した国内の販売ルートを失うことになる。業務上横領みたいなことでクビにされたら、独立してからの商売がやりにくい。

「そういうことだから耳に入れておこうと思ってね。こっちの方にも関係があるから」

「分かった。貴重な情報をありがとう。このお礼は、そうだな……この前フランスに行ったとき、ボルドーのシャトーもので四五年のものを一本見つけてきたんだ。それを持ってゆくよ」

一九四五年といえば二十世紀最大の当たり年で、しかも現存するのは僅かだ。銘醸ワインは凄い高値で取引されている。マーキーがとたんに相好を崩したのが電話線を通じて伝わる。

「いやあ、それは有り難い。楽しみにしているよ。ところで、もう一つ用があるんだが」

「何だい？」

「実はね、いま入れてるフロアショーなんだが、いまいち人気が無いんだな」

「ああ、ヌードダンサーの踊り」

「うん、踊りそのものはうまいし見せるんだが、エロティックじゃない。下は脱がないし」

「ふむふむ。じゃ、替わりの演しものを考えているわけだ」

「そうさ。ショーでけっこう客の入りが違う。うちは大人というか、中年の客が多いからね。遊び人の佐野さんのことだ。あちこちでいろんなものを見てるんだろう？　何かいい企画とかアイデアがないかと思ってね」

「いい企画ねぇ……」

「たとえばの話、さっきのきみの姪ごさんのような女性をだね……。いや、誤解しないでほしいんだが、あくまでのたとえの話だけど、ヌードショーとか、ちょっとしたエロティックなショーをやったら面白いと思うんだが」

マーキーは、パリのキャバレーなんかで何度かストリップティーズを見たことがあるが、一番昂奮したのは、それまで客席に座っていた若い娘が実はストリッパーだったことだ。「客席の中からね、ふつうの恰好した女がふいに立ち上がってね、フロアの真ん中で服を脱ぎだすんだ。みんな呆気にとられてシンと静まりかえったよ。あんときは昂奮したなあ。そういう形式でストリップを出来ないかと思って」

「分かった。じゃ、ふつうのストリッパーやヌードダンサーじゃなくてもいいんだな」

「そういうこと。出来るだけ素人っぽい方が意外性があるだろ？」

「よし、心あたりが無いわけじゃない。何とか考えてみよう」

昭彦はこういう依頼は初めてではない。承諾することにした。マーキーに恩を売っておいて損はない。向こうは『ラ・コスト』の他にもレストランやバーを経営してかなり儲けている男だ。それに、昭彦とは趣味も似ている。

第九章　ダブルX――千穂

金曜日の午後、昭彦は本社ビルの千穂に電話をかけた。

「明日はスタジオに行くんだろうな」

念を押した。叔父に指名されるのを土壇場で嫌がるかもしれないと懸念したのだが、杞憂だった。涼やかな声で返事がかえってきた。

「はい。二時には入っています」

「ダブルXだぞ」

「はい……」

「よし。それじゃあ衣裳を今のうちに決めておこう」

「衣裳ですか？　どんなのを……」

怪訝そうな声で問いかえしてきた。たいていの衣裳は揃っているのだから。

「スタジオには無いやつだ。つまり、今着ている制服さ」

「あ……」

絶句した。制服で恥ずかしいポーズをとらされることなど、考えてもみなかったのだろう。

「その制服を明日、持参しろ」

それだけ言って一方的に電話を切った。

(あの子にとって、どんな衣裳が一番、恥ずかしいだろうか……?)

昭彦はいろいろ考え、毎日着ているOLの制服にすることにしたのだ。セーラー服、看護婦の白衣、スチュワーデス、婦人警官……。それらの衣裳は千穂にとって非日常的なものだ。それを着れば「演技をしている」という意識を抱く。羞恥も薄れる。OLの制服は彼女の日常的なものの象徴だ。だからこそ羞恥も強くなるのではないか。

千穂が示した狼狽、呆然といった反応は、昭彦の考えが正しかったことを告げていた。

翌日、昼すぎにマンションを出た昭彦は盛り場のポルノショップを二、三軒回ってから『スタジオ幻夢』に入った。すでに千穂は待機しているはずだ。

「こないだの娘――愛子といったかな? あの子来てる?」

「来てますよ」

初枝は嬉しそうな顔をした。

「シングルで何回かやってきたんだけど、『慣れましたから』って、今日からダブルで出たいというの。見込みあるわよ、あの子は……」

他に誰もいないのをいいことに、馴染《なじ》み客の股間をまさぐる。

「見込みって？」

「ほら、前にも言ったでしょ？　このスタジオのパートIIを作る——って。モデルも揃ってきたから、そろそろ来月あたりからオープンしようと思うの。愛子ちゃんはパートIIにうってつけだと思うのよ」

この女性オーナー兼マネージャーは、昭彦の姪をSM専用の新しい秘密スタジオに雇い、倒錯者たちの餌食《えじき》にすることを考えているのだ。昭彦の背筋を戦慄のようなものが走った。

二人はマジックミラーの前に行った。赤いショーツを穿いた千穂は、三人いるモデルの左端だ。彼女は鏡の向こうで品定めをしているのが自分の叔父だと気づいたらしい。心なしか真っ白な肌がピンク色に火照り、膝や腿のあたりが小刻みに顫えているようだ。顔はまっすぐ鏡を見つめ、子猫が飼い主を見つめるような真剣な表情。唇をきつく嚙むようにしている。赤い薄布を透かせて見える黒い秘毛が悩ましい。

「だけど、そっちの方の素質はあるのかい？」

目の前の愛子というモデルが実は自分の姪であることを隠しながら、昭彦は熟女ママに尋ねてみた。

「大ありよ。ほら、見て。あのパンツの股のところ、もうシミになって……。恥ずかしい姿を見られるのが大好きな子でね、今まで彼女を試したお客に聞いても、マゾっ気は旺盛みたいよ」

「そうか……。じゃ、少しぐらい責めてもいいかな。その……調教の一環として」

昭彦はもちかけてみた。初枝が公認してくれれば文句はない。

「スパンキング？　いいわよ。あんまり厳しくなければ」

「よし、とにかく品定めをしてやろう」

愛子は特殊な鏡の前に呼び出された。

「パンツを脱いで、おまえの一番恥ずかしい部分を指で開いてお見せ」

初枝が命令すると、愛子——千穂は、一瞬躊躇いを見せた。しかし、しおらしく俯くとショーツの腰ゴムに手をかけツルリと引き下ろし、足先から抜きとった。全裸になってあらためて膝立ちになると、両手を下腹へ伸ばし、艶のある繊《しな》やかそうな秘毛を掻き分けるようにして秘唇を露わにした。

「ほう」

昭彦は感嘆した。姪の秘密の部分をこうやって目の前で見るのは初めてだ。

秘毛の繁みは多くもなく少なくもない。濡れたような光沢を持つ漆黒の繁茂だ。一本一本はひどく細々としてしなやかに見える。白い指が左右に広げた花弁の奥、目がさめるように美しい珊瑚色が濡れきらめいていた。薄白い液が膣口から溢れ、内股まで濡らしていく。クリトリスがふっくらと膨れて包皮を押しのけているさまが、なんともいえずエロティックだ。

「今日はまた、すごく濡らしてるわね。感じる日なのかしら」

経験豊かな初枝にしても、千穂が叔父の存在を意識して昂っていることまでは見抜けない。

「うむ、おとなしそうな顔をして、けっこう好きな子らしいね」

鏡の向こうに聞こえるように、わざと大きな声で嘲笑してみせる。たちまちピンク色の肌がよけい赤くなる。

「後ろを向いてよつん這いになって。股をうんと開いて、お尻の穴もお見せしなさい」

初枝の声が飛ぶ。おずおずと姿勢を変える千穂。初枝にまさぐられる昭彦の怒張は今やズボンをつき破りそうだ。

「ふふっ、あの子がずいぶんお気に召したようね。分かってたわ。この前最初に見たとき、視線が貼りついちゃったもの……」

熱いふくらみを弄びながら満足そうな笑みを浮かべる初枝だ。

秘唇から溢れる液で腿を濡らした全裸の娘は、カーペットに頭をつけるようにして、臀部を精一杯持ち上げる姿勢をとった。たぶん、心はすでに昭彦の言う〝お仕置き〟に向けられているのだろう。その表情には陶酔の色が濃い。

「うむ、いいお尻だね。吹出物もないし滑らかだ。つきたての餅、というのはこういう娘の尻のことを言うんだな」

「そうですよ。思いきりペッタンペッタンついて、泣かせてやって下さい」

さらけ出された若い娘の生殖溝を充分に視姦してから、昭彦は言った。

「よし、この娘を試すとしよう」

彼は初枝にダブルXの料金を払った。赤い下着一枚の千穂は、恥ずかしそうにオフィスにやってくると、正座して頭を下げた。

「愛子をご指名いただきありがとうございます」

初枝が声をかけた。

「愛子ちゃん、この佐野さんはウチの店の上客ですからね、よく言うことを聞いて満足していただくのよ。少し痛いことされても我慢しなさいね」

冬が駆け足でやってきた。もう薄手のコートの季節ではない。裸の上から千穂はトレンチコートを着た。手にはデパートの買物袋を提げている。制服を入れてきたのだろう。

廊下に出ると昭彦は耳打ちした。

「ひどく昂奮していたな、千穂」

「いやっ、叔父さま……」

耳朶まで真っ赤になった千穂だ。体が震えている。階段を上る足どりがおぼつかない。膝に力が入らないようだ。

Bスタジオに入った。昭彦は宣言した。

「今日はおれの順序でやる。風呂は後まわし。すぐに制服を着なさい。下着は白いブラとパンティ。おとなしいやつでいい。それにベージュぐらいのパンスト、ハイヒールだ。化粧は落とせ。カツラもとれ」

結局、昭彦が望んだのは会社にいる千穂と同じ千穂だった。

「ああ、何だか恥ずかしい。自分の会社の制服を着てモデルをやるなんて……」

頬を赤らめながら千穂は呟いた。

ブルゴン商事の女子社員の制服は、ウグイス色——明るいグリーンのベストとタイトスカートのペアだ。下のブラウスは純白で襟にオレンジ色のボウタイを結ぶ。

おしゃれ心のあるOLたちは、この制服を家に持ち帰り、自分のサイズに合わせて仕立て直すという。千穂もそうしているらしい。体の線がよく出ている。

「ふーむ、ふだんはこんな制服を着てOLやりながら、週末はエロモデルをやって股をビショビショに濡らしているわけか。淫乱娘だな」

昭彦がわざと淫靡な口調で辱めると、千穂は両手で顔を覆った。

「いや……やめて」

「やめてだと？　何だと思っているんだ、自分を。母親どころか叔父のおれの目までくらまして、こんな所で働いて……。これほどたちの悪い娘はいない。おれは恥ずかしい」

「許して下さい」

スタジオのカーペットの上に正座して、また平伏する。もうお仕置きを受ける心境になりきっている。

「ただでは許せない。体で思い知らせてやらないとな」

昭彦は椅子に向かって姪を立たせ、座面に両手をつくように命じた。前屈みになるとタイトスカートに包まれたヒップが後ろに突き出す形になる。ビキニのパンティラインがくっきり浮き彫りになった。ふだん社内でOLたちの制服姿を見慣れている昭彦だが、そういう恰好を見た途端、激しく欲望をそそられた。

「よし。そのままスカートをまくれ。お尻をまる出しにするんだ」

「…………」

千穂は屠場に引き出された羊のように脅えながら、反抗する気配はまったく見せず、素直に命令に従った。おずおずとスカートの裾をたくしあげた。肌色のパンストに包まれた健康そうな腿がまる見えになり、やがて白いパンティに包まれた臀部の曲面がすっかりさらけ出された。クリンと丸いふくらみ。

「ほお、色っぽいケツだな。こないだまでセーラー服を着てた小便臭い娘だと思っていたが、いつの間にかプリプリ、ケツを振るようになったか」

昭彦はパンストとパンティに包まれた臀部の丸みに触れ、撫で、揉むようにした。

「ああ……」

千穂はますます真っ赤になり、唇を嚙みしめる。

「ふむ、お仕置きがいのあるケツだ」

軽くパシッと叩くと、ピクンと千穂の全身がうち震えた。甘い体臭がまき散らされて昭彦の鼻を擽る。

「では、始めるか」

昭彦は上着を脱ぎ、ワイシャツの腕をまくった。

「その姿勢でジッとしているんだぞ。そうだな、もっと脚を開け……」

制服のスカートを腰の上までめくりあげ、パンストと一緒にパンティを膝のところまで一気に引き下ろした。

「ヒッ」

叔父の手で下着をひき毟《むし》られて、可憐な姪は小さい悲鳴をあげた。さっきは鏡ごしの視姦で叔父の姿を見ることはなかったが、今は間に遮るものは何もない。

「また濡れてるぞ。なんて淫乱な娘なんだ、千穂は」

わざと口で嬲りながら指を臀裂に這わせ、肛門から会陰部がすっかり見えるように広げてみた。

「ああー、許して。見ないで下さい、叔父さま」

千穂は羞恥にむせびおののきながら哀願した。

「何を言っている。見られたがりのくせに。ほら、こんなに涎をたらして……おいおい、洪水だな、これは」

サラサラとしてほとんど透明な蜜液が秘唇のところで少し泡を噴いている。蟹のようだ。それだけ溢れかたが著しいということなのだろう。

「いやあ、やめて」

尻を振って叔父の手を払いのけようとする。

「逆らうな」

首根っこを押さえつけた。右手をふりかざし、白い滑らかな肉の丘に掌を叩きつけた。

バシーン。

小気味よい音がして、若い娘の全身が跳びあがった。

「ああっ！　痛い！」

「当たり前だ。お仕置きだからな」

二発、三発とうち据える。ビシビシと色気ざかりの張りのある肌が鳴った。

「やめて、叔父さま！　痛い、痛い、ああン」

強く臀部を叩かれて、たちまち千穂は泣き声をあげ哀訴した。

「懲らしめてやる。この淫乱娘！」

昭彦の内部で自制していたものが飛散した。千穂の悲鳴と号泣、みるみるうちにピンク色から鮮やかな赤へと変化してゆく皮膚、若い健康な娘の活力、生命力を閉じこめている弾力に富んだ球体の手ごたえ、さらに濃密に香る体臭、振り乱す黒髪の匂い――すべてが昭彦を酔わせた。

（さすがに若い。初枝とはずいぶん違う）

昭彦は一発一発、狙いをさだめて打ち据えながら、掌が痺れるほどの弾力性を楽しんでいた。初枝の臀丘は充分に脂肪がのって柔らかく、掌に吸いつくようでもあったが、千穂の臀丘はコリコリとした筋肉の反発力が強い。

「もっと反省しろ。このスケベ娘！」

パンパン、バシッバシッ、ビシッビシッ！

リズミカルに左右に振りわけて打擲した。

「あーっ、叔父さま、許して……！　千穂、なんでも言うことを聞きますから……」

男の力だ。二十発、三十発と叩きのめされるうち、若い娘の臀部は腿の上の方まで真っ赤に染めあげられた。ところどころどす黒く、ある部分は赤紫色を呈してきた。

「何でも言うことをきく？　嘘をつけ」

「嘘じゃありません。あ、あーっ、痛いよう！」

いたいけな子供のように泣きじゃくる。しかし抵抗する姿勢は見せない。打ち叩かれる苦痛を超えて、千穂はどこかで快感を覚えているに違いない。その証拠に秘部から溢れる愛液は驚くほどの量だ。

「それだったら誓え」

「誓うって……何を？　あっ、あっ！」

「おれの奴隷になるんだ。セックスの奴隷にな」

「セックスの奴隷？　叔父さまの？」

一瞬、千穂は痛みを忘れて叔父の顔を見上げた。泣き濡れた頬に陶酔の色が濃い。

「分かりました。奴隷になります。叔父さまの言いなりになります……ああっ！　だから許して……！　あうっ！」

「よし、誓え」

「誓います。千穂は叔父さまの奴隷になります。セックス奴隷になりますうっ！」

さらに強烈な打撃を浴びせてやる。

バシッ！

「ひいっ！　許して！」

うねり狂うヒップ。堪え難い苦痛に千穂は足ぶみするように床の上で跳ねている。

「では言え。今すぐ犯して下さい、と頼んでみろ」

ためらいはほんの僅かの間だった。千穂のふくよかな唇から嗚咽と共に淫らな言葉が噴き出した。

「……犯して、叔父さま。千穂を好きにして……弄んで」

「こいつめ」

昭彦は度胆さえ抜かれた。可憐な姪は今や被虐の桃源郷をさまよっている。屈辱と恥辱と汚辱を自ら求めてヒップを卑猥にうち揺すっている。

「よし、犯してやる」

千穂の体を抱え、ベッドの白いシーツの上に投げ出した。毟るように着ているものを脱ぎ、全裸になった。彼の欲望器官は天井を睨むようにしてそそり立っている。腹部にくっつくばかりの勃起。最近はこれほどすさまじく欲情したことは無い。

「下を脱げ」

「はい」

膝のところにからまっているパンストとパンティを引き抜き、スカートのジッパーを下ろして脱いだ。

仰臥させ、ベストとブラウスの前をはだけさせる。白いブラカップを押しあげさせて、椀型のふくらみを剝き出しにさせる。ピンク色の乳首は赤みを呈して硬く尖り、せり出している。

「おっぱいを揉め」

「はい」

千穂は両手で二つのふくらみを鷲摑みにして揉みしだき始めた。

「ああっ、うー……」

恥じらいを忘れたように甘く呻き、腰をくねらせる。

「ケツを叩かれて感じてるな。おまえはいつの間にそんなにマゾになったのだ」

彼は熱くて柔らかい姪の肉体の上にのしかかっていった。

夢中になって乳首に吸いつき、嚙み、しゃぶりたてた。

「おおっ、あう。叔父さま……あアン……」

千穂がしがみついてきた。手を伸ばし彼の股間をまさぐる。怒張しきったものを摑み、驚嘆の声をはりあげた。

「叔父さま、固い。鉄みたい！」

しごきたててきた。巧みとは言えないが大胆な手つきだ。『スタジオ幻夢』で何人もの男たちの相手をして覚えたテクニックだ。

「くそ」

怒りのような感情が昭彦の内奥から湧きおこった。体を離すと彼女の顔にペニスをつきつけた。

「しゃぶれ」

「…………」

トロリと溶けるような表情をした千穂。肉杭の根元を握ると、上半身を起こしてペニスの先端にキスをした。軽く舌でつつき、亀頭を舐め、尿道口を擽る。それからカポと半分以上を含み、舌をからめチュウチュウと吸った。両手で睾丸を捧げもつようにして柔らかく揉む。

（けっこう、男を喜ばすテクニックを身につけたな）

昭彦は感心しないわけにはゆかなかった。

しかし、セリナ、マリ、それに初枝などの技術からみればまだぎこちない。それでも昭彦は楽しんでいた。何よりも、子供の頃から可愛がり慕われてきた姪がけなげに奉仕しているのだ。そのことだけですさまじい昂りを覚えないわけにはゆかない。

(確かに、おれは今、叔父と姪の間のタブーを破ろうとしている。人でなしと言われようと、おれはこの快楽を味わい尽くしてやるぞ)

理性が痺れきる一歩手前で、昭彦はそう自分に言いきかせた。

(だが、まだ早い)

逸る心を押さえ、仰臥した娘の股間に手をやり、濡れた秘部を弄りまわす。

「ああっ、うっ……」

敏感な肉芽を指でなぶられ、千穂は叔父の欲望器官から思わず口を離して呻いた。

「ばか。やめるな」

髪の毛を摑んで千穂の頭を股間に押しつけながら、二本の指を秘裂に埋めこみ、親指の腹で秘核を刺激してやる。

「……っ、うっ……む……」

釣りあげられた魚のように瑞々しい下半身が躍り跳ねる。のたくる。

甘美な刺激に耐えられなくなったのか、再び口を離してむせび泣くような声を噴きあげながら自分から腰を突き上げるようにして叔父の熟達した愛撫に身を委ねる姪だ。

「よし。犯してやる。おれのものにしてやるぞ」

千穂が完全にメロメロになったのを見計らって、昭彦は姪の下半身を抱きかかえ二つに折った。膝を肩に載せるようにして股間を大きく広げ、腰を進めた。両手で握りしめた怒張を濡れそぼった秘唇へとあてがい、グイと体重をかけて貫いた。

「ひいっ！　あう、おおおう、うっ……叔父さまっ！」

千穂の頭が狂ったように左右にうち振られ、黒髪が舞った。

怒張が柔襞のトンネルにめりこんでいった。濡れそぼり蠢動する熱い柔肉が侵略する器官にからみつき締めつけた。

「む、うっ……」

「ああっ、叔父さま……っ！」

子宮口を叔父の肉根に突き上げられて、千穂は悲痛に聞こえる叫びをはりあげた。

「痛いか」

「いいえ、そうじゃなくて……感じる、感じるのっ！　ああっ、こんなの初めてよう」

泣くような歌うような調子でいい、叔父の胸にしがみついてきた。

「思いきり感じさせてやるぞ」

　姪の肉体を楽しんでいるという背徳の意識が、昭彦のペニスを灼熱の鉄と化している。まるでターボチャージャーがかかったようなエンジンのように、底のしれないパワーが湧きあがるのを感じた。

千穂の腰を思いきり引きつけて深く深く打ちこんでから抽送を始めた。

「おおっ、あおっ。うーっ、いい！」

千穂があられもないよがり声を張りあげる。彼女の顔に昭彦の額から噴き出した汗がバラバラとこぼれる。千穂の体も汗まみれだ。

（よく締まるし感度もいい。千穂の体がこんなに具合がいいとは……）

括約筋の無意識の締めつけを楽しみながら、ときに荒々しく、ときに優しく腰を使い、姪の瑞々しい肉体の感触から匂いまですべてを満喫しようとする昭彦だ。

「ああ、ダメ……叔父さま……っ。千穂、バラバラになる。死ぬ」

若い娘の顔が一瞬、虚ろになった。グンと解放されたバネのように全身が躍動した。グッグッと反りかえる裸身。ギュッと締めつけてくる襞肉。昭彦は下腹に熱い奔流と飛沫を感じた。

「う、うむむ……ぐ。千穂っ！」

昭彦もおめいた。強烈な照明を浴びたように視界が失せた。背筋から尾てい骨にかけて電撃のようなショックが走り、甘美きわまりない痙攣が彼を打ちのめした。

「おおおっ」

ドクドクドクッ。

精液がペニスを走り抜け千穂の子宮口へ噴射された。

「叔父さまっ。あああ、死ぬわ、死ぬ」

ガクンガクンと千穂の肉体が跳ねる。瀕死の負傷者が悶絶するかのように。彼女を組み敷いている昭彦は、断続的に自分のペニスが締めつけられるのを感じた。千穂の膣が独自の生命を持つ別個の生き物で、それが彼の精液を絞り尽くそうとするかのようだ。

――一時間後、昭彦はオフィスに戻った。初枝は薄笑いを浮かべた。

「どうだった。愛子ちゃんは？　なんだか腰が抜けたみたいになってたけど」

「いや、なかなかいい体をしている。それにマゾの気質も申し分ない。スパンキングでひどく燃えたからね」

「やっぱりね……。充分楽しめた？」

「ああ」

実際、若い娘の体をこれほど堪能したのは珍しい。

——最初の射精を終えた後、失神したようになっている千穂の全身と、白濁液をこぼし出している秘唇のアップをポラロイドで撮影した後、引き抜いて濡れたペニスをそのまま千穂の口へ押しこんだ。自分の愛液と精液でまみれた叔父の欲望器官を、姪は嫌悪する様子も見せず熱心に舐め清めた。

驚いたことに、その刺激で昭彦はたちまち欲望をとり戻した。こんなことは珍しい。

「全部脱げ。もう一度、スパンキングだ」

「また、ですか？　許して下さい」

泣きそうな顔になりながらも、制服のベスト、ブラウス、ブラを取り去り、素っ裸になってカーペットの上によつん這いになった。

昭彦はスリッパを手にして、まだ赤く腫れている臀部を残酷に打ち据えた。

「いやあっ！　痛い、痛いですっ！　許して、あーン、叔父さま！」

白い裸身が脂汗を噴き出させ、泣きわめきながら若い娘はカーペットを這いずる。

「こら、逃げるな」

昭彦はポルノショップから買ってきた手錠を取り出した。玩具ではあるがステンレス製のものでけっこう頑丈だ。本物の手錠とほとんど変わらない。千穂の両手を背後にねじりあげ、両手首に冷たい金属の環を嵌めてしまう。

「これで逃げられんぞ」

ベッドの上に俯せに寝かせ、ロープを足首に縛りつけベッドの足元の柱にくくる。千穂は広げた両足を閉じられなくなってしまった。もちろん、どうしたって逃げられない。

「暴れた罰だ」

昭彦はズボンから革のベルトを引き抜いた。二つ折りにして握りしめ、一回、ヒュッと空振りをしてみせた。千穂の顔から血の気が失せた。

「イヤです、そんなのでぶたないで！　鞭はいや、死んでしまうわ！」

「黙れ」

脱ぎ捨ててあったパンストの中にくるみこまれていた白いパンティを丸め、千穂の口の中に押しこめてしまう。自分の匂いにむせかえり目を白黒させる千穂。

「はは、これで静かになった」

昭彦は愉快そうに笑うと、革のベルトを臀部に打ち下ろした。

ビシーッ！

素手やスリッパとは比べものにならない残酷な音が響き、白い裸身がギューッと弓なりにそりかえった。

「むー、うぐぐっ！」

パンティに遮られた悲鳴。絶叫。

「効くだろう。おれの言いつけを守らないとこうなる。おまえは奴隷の誓いをたてたのだからな、いつ、どんなことを要求されても従うんだ。分かったか」

言いながら二度、三度と即席の鞭で赤く腫れあがった臀丘をさらに打ちのめす。

「ぐぐ、ぐうっ！　むー！」

大粒の涙が溢れ、頬を濡らす。一打ごとにギュンとのけぞり、ワナワナとうち顫える裸身。昭彦は美しいと思い、さらに欲情が沸騰するのだ。

十発、残酷な音が連続した。

「ぐ……っ」

息もたえだえになったところで、昭彦はベルトを捨てた。彼の欲望器官は透明なカウパー腺液を溢れさせ、それは糸を引いて床に滴り落ちている。

悶えくねる裸身の上にのしかかり、スプーンを重ねた恰好でペニスを突きたてた。

「ぐーっ！」

叔父の肉根で背後から侵略された千穂は、矢で貫かれた鹿のように、のびやかな裸身を痙攣させた。

スタジオを出るとき、満足した叔父は新しい要求を出した。

「明日もまた来る。明日は初枝ママに、トリプルXを希望しておけ」

千穂は素直に頷いて、いやがる素振りを見せなかった――。

「お気に召してよかった。佐野さんはあまり若い子がお好きじゃないかと思ってたから」

初枝は安心したようだ。

第十章　フィストとアナル調教

翌日の日曜日は取引先との接待ゴルフがあったが、終わるのを待ちかねたように昭彦は『スタジオ幻夢』に駆けつけた。オフィスには先客がいた。黒いサングラスをかけた、額の禿げあがったずんぐりした体格の中年男だ。キチンとした服装をしている。ソファに座っている足元に小さな鞄。

「あら、困ったわね。愛子ちゃんは……」

初枝は首を傾げた。

「指名されてるのかい」

「いえ、体は空いてるんですけどね、スタジオが……」

夜の八時だ。客が詰めかけて三つのスタジオは二時間から三時間後まで空きがない。

「そうか。じゃあ真夜中になってしまう。電話を入れておけばよかった」

昭彦が困惑しているのを見て、ソファに座っていた中年男が口をはさんだ。

「失礼かもしれませんが、よかったら一緒にどうです？　私はこれからマリとプレイするのですが、Aスタですからね、洋室と和室の両方で出来ます。私の方はかまいませんし、どちらかというと観客がいた方が面白い」

初枝が紹介した。

「あの、こちらも常連さんなの。お医者さんで……」

「佐奈田と申します」

中年男は名を名乗った。

（そうか、愛子を診察し、二番目に指名した男だな……）

確かこの近くで産婦人科のクリニックを経営しているといった。

「初めまして。佐野です」

昭彦は軽く頭を下げた。初枝が昭彦に説明した。

「佐奈田さんもね、Sの方なの。だからマリの調教を頼んでいるのよ。マリもマゾっ気が強い子だからパートIIで働いてもらおうと思って」

佐奈田の方を向いて、

「佐野さんはねスパンキングなの。昨日も愛子ちゃん調教してもらったわ」

「ほう、それはそれは……。だったら、なおさらご一緒したいな」

中年の産婦人科医師は破顔した。

「そうですか。じゃ、お言葉に甘えて……」

Aスタジオで二組同時にプレイすることが決まった。

やがて愛子とマリの二人がショールームから呼ばれてきた。二人とも黒いショーツを身に着けている。

「それじゃ二人ともAスタに入って」

初枝ママに命令されて、マリも千穂も目を丸くしている。こんなことは初めてだから。昭彦は佐奈田たちの見ている前で千穂に命令した。

「手を後ろに回せ」

「あ、はい……」

昨日のように後ろ手錠をかけてしまう。ショーツは腿の半ばまで引き下ろした。初枝がコートを羽織らせた。うっかりすると短い裾から素肌も秘毛も見えてしまいそうだ。

「やりますな。じゃ私も」

佐奈田は鞄を開けた。医師が往診用に持ち歩く鞄だ。その中から驚くほど太いシリコン樹脂の張形をとりだした。下端に紐がついている。

「マリ、こいつをおさめろ」

「はい……」

熟女タイプのモデルは黒いショーツを脱いだ。直径五センチ近くありそうな黒い擬似男根を手に持ち、やや屈むようにして股を開いた。秘唇にあてがい力をこめた。

「あウ、うは……っ」

息を止め、吐きながらグイと押しこむ。佐奈田に指名されたことですでに昂り濡れていたのだろう、案外やすやすとめりこんでゆき、二十センチほどもある張形は三分の二ぐらいが秘唇の奥へ姿を消した。

「まあ……」

千穂は驚嘆した。それだけでかなり感じたのか、マリの目は潤み、呼吸もやるせない。佐奈田は張形の端についた紐をマリの腰に巻きつけて固定した。さらに細い麻紐を取り出し、やはり後ろ手に手首を重ねて縛りあげた。その手さばきは慣れたものだ。

「さて、行きましょうか」

コートを羽織った二人の女は廊下に連れ出され、階段を二階分上がらされた。ショーツが膝の上にからまっている千穂はよちよち歩きだ。しかも後ろ手に拘束されているとひどくバランスがとりにくい。ハイヒールだからなおさらだ。たびたび倒れそうになって昭彦に支えられた。

歩きにくいことでは、マリは千穂以上だった。太いディルドオを性愛器官の奥にぶちこまれて固定されているのだ。一歩ごとにその刺激が子宮を突き上げるのだろう、Ａスタジオに入るまで「はあ、はあ」とか「あ、うっ」とか呻き声とやるせない吐息をつきっぱなしだった。

Ａスタジオに入ると、マリはへなへなと床に膝をついた。佐奈田がディルドオを外してやると愛液がドッという感じで溢れ出てきた。

（こいつ、そうとうなサドだな……）

昭彦が感心していると、佐奈田がもちかけてきた。

「別々の部屋でやるより、どうせなら和室の方で一緒にやりませんか。最初はあなた好みのスパンキングなり鞭なりを楽しみましょう。後半は私が肛門責めを行ないます。よかったら愛子も調教してみたいし」

「肛門調教ですか」

「そうです」

「いいでしょう」

昭彦は承諾した。この産婦人科医師がどのようなやり方で女を調教するのか、それを見てみたかった。彼はＳＭクラブも何度か通った経験はあるが、自分ではまだまだ初心者だと思っている。縄を使うのも得意ではない。

和室に二つ敷き蒲団を並べた。白いシーツをかけた上に、後ろ手に手錠をかけたままの千穂、縛られたままのマリを正座させて挨拶をさせる。

「調教をお願いします、ご主人さま」

佐奈田はマリの肛門に惚れこんでいるらしい。聞けば、これで四度目のプレイだという。

「いつもは看護婦の白衣を着せますが、肛門調教の場合は全裸の方がやりやすい。私は何も着せませんが」

「そうですか。では、ち――愛子もオールヌードでやりましょう」

あぶなく〝千穂〟と呼びそうになった昭彦だ。

二人の女は真っ裸にされて蒲団の上にうつ伏せに上体を倒し、臀部をたかだかと持ちあげる姿勢をとらされた。マリの方がいくぶん肌が浅黒く、臀部の肉は量感たっぷりだ。千穂はまだ熟しきらない果実のような、磁器を思わせる艶やかな硬さを秘めている。男たちは短いバスローブ一枚になった。

佐奈田に促され、最初に昭彦が千穂の臀部を素手でスパンクした。みるみるうちに赤く染まってゆく臀丘。

「あーっ、痛い、痛いです、許してっ！」

若さの張り詰めたような皮膚をうち据えられて、悲鳴があがり、哀訴とむせび泣きが断続する。

「ううむ、愛子はなかなか素質がありますな」

内腿を濡らす愛液を見て、佐奈田が感心した。

「次はマリを試してください。私は愛子の口で楽しませてもらいます」

昭彦がマリの豊満な臀部をさんざん打ちのめして悲鳴と絶叫をあげさせている間、佐奈田は千穂の前に膝をつき、勃起したペニスを咥えさせ口舌奉仕を強いた。叔父の目の前で別人に口を犯される屈辱に、姪の頬は新たな涙で濡れた。

「よかったら、こいつを使いませんか。マリは鞭にも強いですよ」

佐奈田は自分の鞄からとり出した革製の房鞭を手渡した。

「そんな……やめて下さい。許して下さい」

マリの顔が恐怖に歪んだ。これまでのプレイの間、それで残酷に責められたに違いない。

「うるさい、奴隷の分際で何を言うか」

ひきつった表情を見ると昭彦はサディスティックな欲望をよけいにそそられる。足で蹴りとばしてから縄尻をとって引きたて、床柱に向かって立たせた。

両手を上に一杯にあげさせて床柱の上で縛りつける。

「じゃ、楽しませてもらいます」

佐奈田に一揖《いちゆう》してから房鞭をふりかぶり、勢いよく臀丘に叩きつけた。

ビシーッ！

「ひいっ、あ、うーむ……」

マリの豊熟した裸身がのけぞり悶えた。サッと肌に走る幾状もの筋。

「くらえ」

バシーッ！

「ぎゃあ」

もう一方の尻朶を打ちのめされて、裸女は絶叫し苦悶した。

「…………！」

同僚である年上の女が、叔父の手で残酷に鞭打たれるのを見て、佐奈田の怒張を口に含んでいた千穂が目を丸くして脅えた表情になった。

「こら、愛子。その態度は何だ。わき見をするな」

佐奈田は叱りつけて唾液で濡れた欲望器官を引き抜くと、千穂の頬を張りとばした。

「許して下さい」

「お仕置きだな。マリと同じ目にあわせてやるぞ」

「いやーっ」

マリのかわりに千穂が床柱に縛りつけられた。マリとは反対に床柱に背をつける形で前面を男たちにさらけだす姿勢だ。

今度は佐奈田が房鞭をふるった。丸い乳房、滑らかな腹部、大理石の円柱を思わせる太腿に鞭がふり下ろされ、千穂は悲鳴をあげ続けた。

「許して下さい。あっ、痛い……、死ぬ」

「何を言ってる。こんなに濡らしてから」

昭彦も驚いたことに、鞭打ちの苦痛に泣き叫びながら、千穂の秘部はお洩らしをしたみたいに濡れている。

(ううむ、美しい……)

自分以外の男の手で、可愛がってきた姪が痛めつけられて泣き悶えている。ふつうなら哀れに思い止めてくれと頼むはずだが、昭彦は逆に、激しい昂奮を覚えていた。

こういった鞭にはまったく初体験の千穂に対し、佐奈田は適当に手加減をしている。しかし、

(もっと残酷に鞭をふるってくれ。もっと泣かせてくれ)

そう頼みたい感情さえ湧いてくるのだ。

「まあ、今日はこれぐらいにしておきましょう」

乳房から腿までの間を真っ赤な網目で埋め尽くしたあと、佐奈田は鞭を捨てた。

「さて、肛門調教とゆきますか」

二人の女はバスルームに連れこまれた。

「浣腸をします。ご覧になりますか？」

佐奈田に訊かれて昭彦は首を振った。

「いや、私はそっちには少し弱いので……」

「そうですか」

サド趣味の医師はあっさりした態度でバスルームに入っていった。しばらくして女たちの呻き声が聞こえてきた。便意を堪えさせられているらしい。

「ああ、許して下さい……出させて」

マリが泣き叫んでいる。千穂の声も重なる。

「やめて、そこは……。ああ、恥ずかしいっ」

続いて排泄音。

「おおお」

佐奈田の前で排泄させられる屈辱に打ちのめされた女たちの号泣。耳をそば立てているだけで、昭彦は昂ってしまう。

やがて、体内の汚物をすっかり排出させられた女たちが引き立てられてきた。どちらも後ろ手に拘束されたまま、シーツの上に再び這わせられる。

「なかなかの見ものでしたよ。二人ともたっぷり出しました」

満足そうな顔で報告した佐奈田は、鞄から薬剤の入った瓶やらチューブ、それに薄いビニール製の使い捨て手袋などを取りだした。

「最初に、マリをフィストファックします」

右手にビニールの手袋をはめ、チューブに入った白いゼリーのようなものを塗りたくった。マリの秘唇にも塗りつける。

「消毒薬、麻酔薬が入った潤滑ゼリーです。私が配合した特製のやつでね、こいつがあると初心者でもずいぶん簡単に入りますよ」

マリの縛《いまし》めを解き、仰臥させる。男の拳を性器に受け入れることを恐れているのか、期待しているのか、マリは目を閉じ、観念したかのように従順だ。

「いくぞ」

「はい……」

マリは腿を一杯に開いた。佐奈田が手袋をしていない方の手で大ぶりの花弁を広げる。濡れて輝いているサーモンピンクの洞窟。拭っても拭っても溢れてくる蜜液。

佐奈田は手袋をつけた右手の人差し指と中指を揃えて膣へ挿入した。緩やかに抽送すると、マリは性感を刺激されて「あーっ、うう」と甘く呻く。ついで三本、四本、そして親指も一緒につぼめるようにして五本の指が埋めこまれていった。しかし五本となると第二関節のあたりから入りにくくなる。佐奈田はゆっくりとこねるようにして、波が打ち寄せるようなリズムをくりかえしていたが、タイミングを見計らったようにグイと強い力で五本の指全体をねじこんだ。

「ううっ」

マリの背がそりかえった。苦痛の色はなく陶酔の色が濃い。傍では千穂が目を丸くして、息をつめて見つめている。

「む」

秘唇の奥にすっぽりと手首まで入ってしまった。

「うへっ」

昭彦が驚くと、佐奈田が説明する。

「ここまではわりあいと簡単なんです。これから中で拳を握るんですが、急に動かすと傷がついたり裂けたりする。ゆっくりゆっくりと……」

マリの体内で指がそろそろと動いているのだろう、彼女は下腹をふいごのように上下させている。全身からは脂汗が噴き出している。クリトリスは勃起しきって小指の先ほどにもなっている。膣に男の手首より先を埋めこまれながら、彼女は苦痛よりも快感を多く味わっているのは明らかだ。

「ああっ、あっ。うーん……む」

唇を嚙みしめ、黒髪をふり乱す。腰がくねる。

「よし、握った。これでフィストファックの完了です。簡単でしょう」

佐奈田は熟女の体内で作った握り拳を荒々しい動きでピストン運動させた。

「ひっ、いいいっ。あうっ、あーッ、感じるう！」

マリはのけぞり悶えた。よがり声をまきちらす。

「ははは。拳の前後運動の他に指の微妙な動きを加えられますからね、今は親指を立て気味にしているんですが、そうするとちょうどGスポットを擦られる形になる。ペニスでもバイブレーターでも、こんな芸当は出来ません」

佐奈田も額に汗を浮かべているが、口調はあくまでも医師らしく冷静だ。

「うっ、ああっ」

マリの瞳はもう何も映していないようだ。オルガスムスが近い。

「見てなさい、潮を噴きます」

数秒後、佐奈田の言ったとおり透明な液体を夥しく噴き上げながらマリは絶頂した。凄絶なオルガスムスが誘爆し続ける。

「ああぐぎ、ぎゃあ、あああっ、あがーっ！」

ビクンビクンと腰と腿を跳ね躍らせるたびに、透明な液体が勢いよく噴き出し、シーツを濡らした。

「凄い」

昭彦と千穂が呆気にとられて見ているうちに、マリはガクッと気を失ったようになった。

「これが究極のV責めです。こいつを三十分もやったらマリは消耗して死にます」

佐奈田が誇らし気に言いぐいと手首を引き抜くと、栓をされていた形の愛液がドバッと溢れてシーツに大きなシミを広げた。

「うーん……しかし、これで責めていたら膣が緩くなりませんか」

「いや、そんなことはない」

昭彦の質問を佐奈田は否定した。

「試してみれば分かりますが、この女の膣は今でもなかなか具合がいいですよ。要するに鍛練でしてね、意識して肛門を締める運動を続けていると、括約筋が鍛えられて膣も締まりがよくなります。ただ拡張一本やりだと、締まりは確実に悪くなります。それはアヌスでも同じことで、肛門調教をやるなら、そういったアフターケアーもきちんとやらないといけません」

「はあ、なるほど……」

昭彦は千穂を眺めた。彼女の顔が青ざめた。

「やめて……叔父さま。私にそんなこと……」

思わず口走った「叔父さま」という言葉に、昭彦は「しまった」と思った。しかし佐奈田は格別気にしたふうはなかった。若い娘が年配の男を「おじさま」と呼ぶのは珍しいことではない。彼は愉快そうに脅えきっている千穂の顔を眺めて言った。

「まあ、この子は若いですからね、Vの拡張はいつでも出来る。それよりAが問題です。佐野さんは愛子のアヌスを楽しみましたか」

「いえ、まだです」

「でしたら、Aの方を先にやりましょう。セックス奴隷は前と後ろで主人を楽しませなければいけませんからな」

「そうですね。ではお願いします」

全裸の千穂はよつん這いにさせられた。再び後ろ手に手錠がかけられた。佐奈田の手が尻朶を割り広げ、排泄口の菊襞をまる見えの状態にする。千穂は脅えきっている。白い肌に鳥肌が立った。

「綺麗な肛門ですね。脱肛や一部肥大の兆候もない。マリも綺麗だがこの子も負けないぐらい綺麗だ。今どきの娘にしては珍しい。最近の娘たちは必要以上に消化のよいものを食べて運動不足ですから、便秘になりやすい。便秘はいけません。肛門の形が悪くなります。痔にもなります」

佐奈田は新しくはめ替えた手袋をつけた指で菊襞の周囲を撫で回す。

「あー……」

排泄口をモロに眺められ弄られる屈辱に千穂は打ちのめされ、シクシクと泣き出した。

「どれ」

先ほどの潤滑クリームをたっぷりつけて人差し指を菊襞の環の中心にあてがった。

「愛子、息をとめろ。……そうだ。よし、ゆっくりと吐け」

「はあっ」

言われたとおりに息を吐き出したとき、ズブリと人差し指がめりこんだ。

「ふむ、締まりはいい。内側も綺麗だ……」

佐奈田は直腸を探りながら診察する口調だ。

「いや、ああっ、ヘンな気持……う」

千穂が呻き悶え始めた。

「佐野さん、この子の前を弄ってごらんなさい。どんな具合ですか」

佐奈田とは愛子を挟んで反対側に座っていた昭彦は、手を伸ばして姪のくさむらを探った。

「濡れてますね。あったかい液が出てきます。クリトリスも充分勃起してきました」

「じゃあA感覚は優秀ですね。ヒクヒク蠢いている感覚が何とも言えない。名器です」

「それはよかった」

「ですがね、入口が狭いとせっかくの名器も楽しめない。いるんですよ、そういう女の子が。どうしても入らなくて、無理にやったら裂けてしまい、二度と使いものにならなくなった子もいます」

「そうなんですか。でも、膣があれだけ拡張できるんだから、肛門も……」

「膣はね、胎児が出てくるところですから、もともと広がるように出来ています。肛門はね、最初からそのように設計されていない。拡張訓練はこっちの方が難しい」

昭彦は頷いた。彼は肛門性交が好きだ。完全に女を征服したという満足感が得られるからだ。しかし、誰でも男性のペニスを受け入れられるわけではない。何度試してみてもダメだった女は何人もいる。

佐奈田は鞄から黒革のケースをとり出した。開くと、先の尖った黒いゴムの棒が数本収められていた。

「肛門ブージーといいまして、肛門や直腸の手術の後、癒着しないように入れておくための棒です」

一本をとりあげた。

「直径二センチ。こいつから始めます」

潤滑したそれはやすやすと千穂の狭い関門を通過した。

「直径二センチ五ミリ」

いくぶん困難があったが、それも関門を突破した。

「これが入ればアヌスは使えますよ。三センチです」

ねじこもうとすると、千穂が鋭い悲鳴をあげた。

「だめぇ！　痛い！　裂けちゃう」

佐奈田はかまわずにグイと押しこんでゆく。

「やめてー、痛い！　死ぬ！　あーっ……」

千穂は泣き狂った。暴れた。昭彦ががっしり押さえこむ。

「うむ、入った。緊いから、時間をかけて拡張しなきゃダメですね」

佐奈田の手がクイクイとリズミカルに動く。中で直腸壁を掻き回すようにする。

「あー、あっ、あっ……。やめて、いや……あ」

千穂の悲鳴のトーンが変わってきた。目がトロリとしてきて、自分から腰を揺するようにしている。

「感じてますね。ここまでくれば大丈夫でしょう。コンドームを着けておいて下さい。ブージーを引き抜いた後は緩んでますから、充分に挿入できます」

「分かりました」

千穂が排泄孔を嬲られて悶え苦しむ姿を見ているうちに昭彦の勃起は極限に達している。亀頭はもうカウパー腺液で濡れている。手早く薄いゴムを装着した。それに佐奈田のゼリーを塗りたくった。

「いいですか……どうぞ」

佐奈田が黒いシリコンゴムの棒を抜きとった。排便させた後だから汚れの付着はない。昭彦は千穂の背後に膝をついた。腰をかかえ、臀裂に隆々たる勃起をあてがう。

「うぬ」

猛り狂っている欲望器官を、半分めくれたようになって海中の生物のようにヒクヒク息づいている菊襞の中心にあてがう。グイと腰を進める。

「あっ、うー……うっ、叔父さま……」

シーツに押しつけていた千穂の頭部がそりかえった。甘い悲鳴が噴きこぼれる。

「あっ、いやあ……あー」

マリより確かに緊い関門だったが、昭彦はあまり苦労せずに突破した。亀頭冠の部分が埋没すると後は一気だ。グンと根元までブチ込む。

「おー、おううっ！」

千穂のあられもない声は、膣性交のときと変わらないよがり声だ。

「直腸壁をとりまく筋肉は子宮と連結していますからね、膣と同様に直腸への刺激も性感を喚起するんです」

昭彦が若い娘の肛門を深々と犯すのを眺めながら、佐奈田は説明する。彼もその光景に刺激されて昂っているのは、怒張した逸物が証明している。

「そのままで見ていて下さい。マリの肛門がどこまで拡張できたか、試してみますから」

熟女タイプのモデルは再び後ろ手に縛り上げられて、千穂と同じように臀部を持ち上げるドッグスタイルを要求された。佐奈田はビニール手袋をはめた右手にたっぷりゼリーを塗った。

「…………！」

さっきの膣フィストファックと同じことが、菊襞の肉環に向かって行なわれた。指が二本、三本、四本と埋没し、親指も一緒に五本の指先を揃えて押しこむ。第二関節までめりこんだ。

「あうっ、ああー、やめて、やめて下さい。痛い……っ。ひーっ」

切ない哀訴の声があがった。苦悶する女体の排泄孔が極限まで開かれたように見えた。佐奈田はナックルパートが通過するまであと少しのところで、泣きわめくマリの体から手を引き抜いた。

「おおお……」

肩をうち震わせて泣きじゃくるマリ。

「もう少しで入りそうですね」

昭彦は人間の肉体がいかに柔軟性に富んでいるかを見せつけられて驚嘆した。

「そうです。今度調教するときは大丈夫でしょう」

佐奈田はこともなげに言いはなち、コンドームを装着した。

肛門を凌辱される二人の女の悲鳴とよがり声が密室の中で交錯し、汗と愛液の匂いが充満した――。

第十一章　密室レイプ犯の正体

月曜日、得意先を回っていた昭彦の携帯が鳴った。

部下のOLが伝言を告げた。

「いまさっき、経理課の姪ごさんから電話がありまして、急用なので連絡をとってほしいと頼まれたんです」

（なんだろう？　社内で私用の電話をかけてくることは無かった子なのだが）

訝《いぶか》しく思いながらも千穂のデスクに電話をかけた。ブルゴン商事はダイヤルイン方式だ。

すぐに千穂が出た。

「あ、叔父さま……よかった」

連絡がとれたことでホッとしている。

「どうした？」

「実は、あの男がまた電話してきたんです」

声を低めて告げた。周囲に聞かれないように気を遣っているのだ。昭彦は驚いた。

「あの男？　脅迫してたやつか？」

「そうなんです。今日の昼休みに……。『二カ月ばかりご無沙汰していたな。おまえも淋しかったろう。また可愛がってやるから、退社時刻になったら第二資料室に来い』って」

「図々しい奴だな。千穂が言うなりになると思っている」

「『来なかったら例のものをバラまく』というひと言で、抵抗できないと決めてかかっているみたいです」

昭彦は腕時計を見た。退社時刻まであと一時間。急いで帰れば間に合う。

「分かった。犯人を捕まえる絶好のチャンスだから、言うとおりにしてほしい。ところで、あそこはいつも鍵がかかっているんだったな？」

「そうです。鍵は庶務課のキーボックスに入っています。さっきも見たのですけど貸し出しになっていません」

「ということは、犯人は合鍵を使う気だ。庶務課にある鍵は持ち出せるか？」

「大丈夫だと思います。経理関係の鍵を借りるふりをして持ち出します」

「よし、その鍵を封筒に入れて営業本部の受付に渡しておいてくれ」

——昭彦は手早く作戦をたて、千穂に理解させた。最初、彼女は驚いた様子だ。

「それじゃ、叔父さま……。私、また犯されるのですか？」

「いやでも我慢してくれ。とにかく犯人を夢中にさせるんだ」

ピルを服用しているから、犯されても妊娠する心配はない。

「……分かりました」

それが犯人を捕まえる重要な鍵になると言われて千穂は了承した。電話を切ってから昭彦は推測した。

（案外、あいつも犯されるのを期待しているに違いない……）

昭彦は帰りぎわに写真用品店に行き、ストロボつきの使い捨てカメラを買った。営業本部に戻ると千穂からの封筒が届いていた。開けると第二資料室の鍵が入っていた。

（これで、よし……）

彼は自分のデスクには戻らず、歩いて五分ほどの本社ビルに向かった。本社で行なわれる会議に毎月出席しているから、七階の様子は分かっている。エレベーターで上がり、廊下を見回した。第二資料室は廊下の奥の方だが、見通しがよすぎて待ち伏せが出来ない。誰かが見張っていると分かったら、犯人はそ知らぬふりをして通り過ぎてしまうだろう。

昭彦はズラリと並んでいる会議室や応接室を一つ一つあたってみた。第八応接室という小さな部屋がよさそうだった。誰も入ってきそうにない。中にすべり込んで電話機の内線番号を読んだ。それから千穂のデスクに内線電話をかけた。

「叔父さんだ。いま七階の第八応接室にいる。内線は七〇七二。第二資料室にあの男から電話がかかってきたら、ちょっと返事をためらうふりをして、すぐに保留のボタンを押してここにかけてくれ」

指示を終えたとき、退社時刻を告げるベルが鳴った。

(あとは犯人を待つだけだ)

昭彦は椅子に座り、受話器に手をかけて待った。十分後、テーブルの上の電話機がピッと鳴った。

(来た)

送話口を手で塞いですばやく受話器をとりあげた。

わざと作ったしわがれ声が聞こえてきた。いやらしいネチネチした口調。

《よしよし、言うとおりにしてたな。ちょっと事情があって可愛がることが出来なかった。おまえも淋しかったんじゃないか?》

——ブルゴン商事の社内電話は原則として秘話式である。外線、内線を問わず、かかってきた電話だけでしか話が出来ない。転送すると元の電話の接続は切れる。盗聴を防ぐためである。しかし、社内の他の電話機を割り込み接続できる三者通話機能というのがついている。

これだと三人がそれぞれの電話で打ち合わせができるのだ。
いま第二資料室にいる千穂は、脅迫者からの電話がかかるとすぐに保留ボタンを押して、昭彦のいる応接室にダイアルした。昭彦が受話器をとりあげた瞬間、千穂は保留を解除した。これで脅迫者、千穂、昭彦の三台の電話機が繋がったわけだ。昭彦は二人の会話を盗聴できる。
《ふふふ、さあ、今日はどんな下着を着けている？　もう、ガーターベルトは着けていないだろうな……》
《いえ、着けてます》
千穂が質問に答えている。脅迫者は驚いたようだ。
《着けてる？　ガーターストッキングを穿いているのか？》
《そうです。慣れてしまいましたので……》
《そうかそうか。それはいいことだ》
脅迫者は満足そうだ。いひひと笑った。わざとらしい。
（やっぱり年配の男だな。五十以上、五十五ぐらいかな？）
作り声がときどきほんものの声になる。それを手がかりに昭彦は声の主の年齢を推測してみた。どこかで聞いたような気がする声だ。何度も会って話しているのかもしれない。

（待てよ、本社ビルでおれが何度も顔を合わせている人間というのは、そんなにはいないはずだぞ）

受話器を握る昭彦の手が汗ばみ、動悸が激しくなった。

脅迫者は抵抗できない若いＯＬを口でいたぶっている。どんなパンティを穿いているか、説明させている。千穂の方は叔父が盗聴しているのを知っている。恥ずかしいに違いない。語尾が震えている。

《あの、Ｔバックです。黒い、前にも穿いていたようなレースの……》

《うはは。あのエロパンツか。おまえもすっかりスケベな女になったな。おれが呼びだしをしないのに、ガーターベルトと商売女のスケスケパンティを着けて毎日出社していたとは。よしよし、可愛がってやるからな、まずはたっぷりとパンティを濡らすんだ！》

男はすっかり上機嫌だ。前に成功したときと同じ命令を下した。千穂が誰かに秘密を打ち明けたなどと夢にも思っていない。

《まず、服を脱げ。パンティとガーターベルトとストッキング、それにハイヒールだけになれ》

《はい、分かりました……》

サラサラと布が擦れる音がした。服を脱いでいるのだ。昭彦はそれだけで激しく昂奮した。

（くそ、スケベ野郎め。おれの姪をよくも……）
　そういう怒りも当然あるが、言いなりになって服を脱ぐ千穂をもっといじめ嬲ってほしいような気になる。不思議な心理だ。姪の身を思う叔父ならば、ここで電話線に向かって怒鳴っているに違いない。
《脱ぎました》
《それでは、前と同じだ。机の抽斗の中にアイマスクがある。かけろ》
《……はい、かけました》
《よし、受話器は首に挟んだな？　じゃ、最初はパンティの上から自分を可愛がれ。おっぱいもよく揉むんだぞ》
《はい……》
　少しして、甘い呻き、切ない喘ぎが昭彦の耳に聞こえてきた。
（演技じゃないぞ。本気で感じてる）
　昭彦は感心した。脅迫者に汚い言葉で脅かされ、しかもやりとりをすべて叔父に聞かれている。その状況が彼女のマゾ感覚を刺激しているのだ。
《ああ、あー……っ。む、ううむ……ン》
　悩ましい声にニチャニチャという濡れたものが擦れる音が混じってきた。愛液を溢れさせているのだ。
《よし、充分濡れたか？　それじゃパンティを脱げ。机に向かって立って尻を後ろへ突きだせ……。もっと感じるんだ。指をどっぷり中へ入れてな。クリトリスも弄るんだぞ》
（いよいよ、お出ましだな）
昭彦は緊張した。脅迫者の方の息づかいが聞こえなくなった。男は受話器を置いて接続を切った。こっちに向かっているのだ。
《ああっ、あー、いい、いいっ、うーん……》
第二資料室の電話からは、孤独な指戯にのめりこんで悶えよがる娘の、呻きと喘ぎが聞こえている。耳をすませていると、しばらくしてカチャリという微かな金属音が聞こえてきた。
（いま、第二資料室に入ってきた。あれは内側からロックした音だ）
昭彦は唾を呑みこんだ。送話口から離れた所から声が聞こえてきた。
《うふふ。熱中してたな。いいんだ、続けろ。うーむ、その可愛いケツをもっとプリプリ振ってな……》
《あっ、いやあ……、いやだ、あー、はあっ……む、うーン》
脅迫者はいま、千穂の背後に立って眺めている。
バシッ。

昭彦がよく知っている音が響いた。ガタンと音がした。千穂が首と肩にかけていた受話器が机に落ちたのだろう。

《あっ、痛い！》

千穂の悲鳴。臀部を打たれたのだ。どちらの声も遠くなったが、充分に聞こえる。

《よし、そのままで両手を後ろに回せ。そうだ、よし……》

キュッキュッという音。絹のネクタイで彼女を後ろ手に縛っている。千穂の告白を聞いているから、昭彦は男の行為が手にとるように分かる。

(かなり油断しているぞ)

昭彦はほくそ笑んだ。これでは不意をつくのも難しくない。

《さあ、くわえろ。しゃぶれ！》

《む、ぐ……》

千穂の声が途切れた。ピチャピチャという猫がミルクを舐めるような音。鼻でする呼吸音。

彼女は脅迫者の男根をくわえさせられ、必死になって奉仕しているのだ。

《そうだ、その調子だ。おお、いい……。うまくなったなおまえは……少し、留守にしていた間に……》

うわずった声。男は快美な感覚に我を忘れて、もう作り声を忘れている。

（そうか……！）

その時、脅迫者の正体がようやく分かった。

（こいつは……腹をくってかからないと）

武者ぶるいがきた。

受話器からは男の呻き声が聞こえてきた。無抵抗の若いＯＬを裸にして目隠しをさせ、後ろ手に縛りあげた。そして床に跪かせて喉の奥まで男根を突きたてて快楽奉仕を強要しているのだ。

《ううっ、いいぞ……その調子だ。見ろ、といっても見えないか。こんなに勃《た》ったぞ。ああ、いい、いいぞ……》

充分に千穂の唇と舌の技巧を楽しんでいる男。彼は周囲に対する警戒心を完全に失っている。しかし昭彦は動かない。

やがて男は充分に昂った。

《よし、おまえも楽しませてやろう。立て。机の上に腹這いになれ。そうだ、もっと脚を開け……よしよし、いい眺めだ。おお、まあ、こんなに濡らしやがって……。いつからスケベな女になったんだ、おまえは？　うひひひ》

いやらしく言葉で嬲ると、千穂がむせび泣く声が聞こえてきた。

（犯される）

それでも昭彦は動かない。脅迫者のいきりたった男根が充分に濡れそぼった秘唇を押しわけてめりこんでゆく。

《おう、あーっ、うう……ン》

まったく抵抗できないまま凌辱される千穂の呻き。

《ああ、いい。熱いぞ……おまえは。こんなにムグムグ蠢いてやがる。ずいぶん感じるようになったな……ああ、具合がいい、おまえのおまんこは最高だぞ、佐野千穂……っ》

男根で抉り抜きピストン運動を開始する脅迫者。ビチャビチャという濡れた肌と肌がぶつかりあう音。ギシギシというのは千穂を載せた机が軋む音だ。

《うう、うーっ、ああー、はあっ》

《どうだ、この……くそ、ううむ……はあはあ》

犯される女、犯す男の呻きと喘ぎが交錯する。まだ昭彦は動かない。彼もまた、すさまじい勃起を覚えているのだが。

《いや、いやあっ、あうっ、ああっ……あー》

よがり声が甲高くなってきた。オルガスムスが近づいている。昭彦は立ちあがった。

《イキそうか？　イクのか？　イクならいけ……イッてしまえ……、うっ、ムムム……》

男の声も切迫してきた。

「よし」

受話器を置くと廊下に飛び出した。半分走りながらポケットから第二資料室の鍵を取り出し、胸ポケットに入れておいた使い捨てカメラを取り出す。営業本部と違って管理部門だけの本社ビルは退社時刻を過ぎると森閑として人の気配がない。誰にもすれ違うことなく第二資料室の前に着いた。ドアごしに男の呻きが聞こえてきた。

《おおっ、おおおー、あおう……!》

男が吠えている。射精したのだ。

(いまだ!)

昭彦は鍵孔に鍵を差しこんで回した。音を気にしない。バアンと開けて部屋に跳びこんだ。眼前に予想したとおりの光景があった。

ガーターベルトとストッキング、それにハイヒールだけの裸にされた千穂が、後ろ手にネクタイで縛られ、アイマスクをかけて机の上に俯せにされている。大きく開いた股の間にズボンを下ろした男が臀部をしきりに動かしている。上はワイシャツだけだ。

昭彦はすばやく使い捨てカメラのファインダーの中に姪を犯している男の姿をとらえ、シャッターを切った。

「おっ⁉」

ストロボの光を浴びて、まだ千穂の膣奥に精液を注いでいる男が、呆然とした表情を浮かべた。何が起こったか、とっさに判断がつかない。

今度は真横に回って、顔がハッキリ写るようにしてもう一度シャッターを切る。

「あ、わわわ」

ようやく、第三者が来て自分の行為を撮影しているのだと分かったらしい。驚愕の表情になった。

最後に机の反対側に回りこみ、男の顔を真っ正面から写してやった。

「わあっ。だ、誰だ……⁉」

あわてふためいた男は千穂と結合した部分を抜きとろうとして、勢い余って後ろへのけぞった。脚にからみついている下着とズボンが邪魔になって、そのままドスンと尻餅をついてしまった。ぶざまな恰好をさらしたまま、何とか立ち上がろうとする。ズボンを引き上げようとする。二つの動作を一度にやれるわけがない。ただ床を這いずり回るだけだ。昭彦はその醜態に向けてさらにシャッターを切った。

「写すな。おい、やめろ……やめてくれ」

男の声は悲鳴に近い。昭彦は開けっぱなしだったドアを閉め、内側から再びロックした。

何とか立ち上がろうとしている男の胸を靴の先で押した。ゴロリとまた仰向けに倒れてしまう。彼の男根はまだ完全に萎えず、白いものを噴きこぼしている。

どんなに闘争的な男でも、防御が完全におざなりになるときがある。性交して射精したときだ。一瞬だがすべての感覚が遮断されて、判断し行動することが不可能になる。わざと千穂を犯させて射精に到らせたのは、そういう理由からだ。作戦は成功した。

「やめて、やめてくれ……」

男は顔を両手で隠し、胎児のように床で丸くなった。昭彦は机の上でぐったりと伸びている姪のところに行き、後ろ手にゆわえている絹のネクタイを解いた。

「いいぞ、千穂。犯人は押さえた」

そう声をかけてから、床で動かなくなっている男を脚でこづいた。

「おい、手を後ろに回せ」

たっぷりと男の精を受けた千穂が、のろのろと起き上がった。秘唇から内腿を伝う白濁液。アイマスクをかなぐり捨てると、ボーッとした表情だ。快楽の余韻でまだ下半身が痺れている。机から降りて立ち上がるとよろめいた。

「こいつが私を脅かして辱めた男……？」

まだ陰茎をむき出しにしたまま、後ろ手に縛りあげられた人物を見下ろし、千穂は信じられないという顔をした。

「こ、この人、専務……!?　藤木専務だわ」

「そうだよ」

千穂の肩にブラウスをかけてやりながら昭彦は頷いた。

「千穂のヌード写真をネタに脅かしていたのは、ブルゴン商事専務取締役、藤木勇一氏だ」

そのとき初めて、男は侵入してきた人物の顔を眺めた。

「お、きみは……洋酒事業部の佐野……？」

「そうですよ。あんたがレイプした佐野千穂の叔父ですがね」

「そうだったのか……くそ」

男は愕然として言葉を失った。

――藤木勇一はいま五十二歳。従業員総数千八百人を数えるブルゴン商事の筆頭役員だ。

彼は管理部門出身だから、総務経理の社員旅行にも顔を出している。当然、千穂の推理した犯人像に該当しているのだが、まさか役員の中に犯人がいるとは思わず、千穂は最初から除外していた。

役員室は八階にあり、社長、専務、常務は個室である。秘書を遠ざければ電話で脅迫は可能だ。階段をひとつ降りて三十秒以内に第二資料室に押しかけられる。

そして決定的な証拠と言うべきは、彼が愛用している男性用の香料がアラミスだということだ。彼が犯行現場に必ず残してきたもの、それはアラミスの微香だった。それを頼りに容疑をかけた中年男性全員の匂いを嗅いで回った千穂だったが、一般社員の中にはいなかったのだ。

(まったく、これが盲点というやつだな……)

昭彦は感心していた。誰が次期社長と目されている人物を脅迫者、レイプ犯人だと思うだろうか。

床に転がされている男は恥辱に呻き、哀願した。

「お願いだ。勘弁してくれ……許してくれ……」

「何を自分勝手なことを」

昭彦は男の胸倉を摑んで背を起こさせた。

「専務、自分が何をやったか分かってるんですか？　自分の会社のOLを恐喝してレイプしたんですぞ。それも何度も……。これが公になればあんたはこの会社から追放される。いや、この社会から抹殺される。分かってるんでしょうね！」

「あ、わわわ……分かっている。申しわけない」

男は必死の顔で許しを願う。

「申し訳ない、ですむと思いますか」

ハンカチで秘部を拭い、ショーツに脚を通した千穂が吐き捨てるように言った。

「私はあなたのおかげで死ぬほど恐い思いをさせられたのよ。下手をしたら妊娠したかもしれない！」

「う……」

絶句してしまう男。禿げた額に脂汗が浮く。いつもダンディな背広に身を包んで颯爽《さっそう》と歩く取締役——藤木勇一のふだんの面影はない。昭彦は椅子に跨るようにして腰かけ、自分より地位も名誉も較べものにならない男に向かって詰問した。

「さあて、専務。ともかく、なぜこんなことをしたのか、うかがいましょうか。イヤなら警察に行くまでです」

「わかった、言う。言うから警察はやめてくれ……」

〝警察〟という言葉を聞いただけで震えあがり、藤木勇一は、ペラペラとしゃべり出した。

——藤木の妻の由起子は、ブルゴン商事の創業者社長で会長を歴任した藤木直人の一人娘である。つまり彼は、ブルゴン商事のワンマン実力者の女婿なわけだ。

藤木直人はかねてからこの女婿を後継者にと思い、五年前、某証券会社の渉外部長だった彼をブルゴン商事に迎え入れ財務部長にすえた。一年後に取締役人事部長になり、去年、総務部長兼専務におさまった。現在、社長の座にいる高松裕介は、直人が健康を害して会長に就任したとき、まだ実力を蓄えていなかった勇一が成長するまでのワンポイントリリーフと納得させられた。交替するのは二年後という約束だった。

それから一年後、直人は急死した。とたんに高松社長の態度がガラリと変わった。

「勇一専務は線が細い。彼に経営を任せてはブルゴン商事の将来が危うい」

そう主張して二年で社長を勇一に譲るという約束を反故《ほご》にしてしまった。

「おれが正当な後継者だ」

「おまえは力量が足らん」

いがみあいが始まった、役員たちも真っ二つに割れ、以来、社内は高松をおしたてる現社長派と、勇一を正当な後継者と認めて高松に退陣を迫る専務派の二つに割れて派閥抗争が始まった。衆目の見るところ、営業畑出身の社長派がやや優勢だ。営業本部では、外部から入って管理部門育ちの勇一の能力を疑問視する者が多く、洋酒事業部でもほとんどの管理職が高松を担いでいる。昭彦は「誰が社長だろうが関係ない」と公言してきた。部長が彼をうとんじるのは、そういう冷ややかな態度のせいでもある。

ところが、そんな勢力争いのまっただ中、藤木勇一の肉体に異変が起きた。

突然、性交能力が失われたのだ。妻の由起子と性交しようとすると男性器官が萎えてしまう。彼は焦った。

医師は心因性勃起不全と診断した。ストレスなど精神的なものが原因で勃起能力が損なわれたのだという。

これが功なり名遂げた老人ならまだしも、五十二歳ではまだ若い。悪いことに彼の妻はいま四十そこそこの女ざかり。毎晩のように夫を求めてくる。さらに悪いことに、彼女は嫉妬深く、夫に女遊びを絶対に許さなかった。

インポの男性でも、妻以外の女性に接すると新鮮な刺激によって回復することが多い。嫉妬深い妻ではそういった治療も出来ない。しかも彼が勃起しないとヒステリックにわめきたてる。もともと由起子は、父親に似て権力欲、闘争欲が旺盛な女だ。彼女に尻をひっぱたかれて派閥の勢力拡大にいそしまねばならぬ精神的な疲労がインポの最大の原因かもしれない。

由起子は自分に責任があるなどと夢にも考えない。ただひたすら夫を責める。浮気をして精力が衰えたのではないかと疑い、私立探偵を頼んで身辺を探らせたりする。

「そんなわけで、二カ月ぐらい前には、私はまったく落ち込んでいた。いやあペニスが隆々と勃起しない、ということは、男の自尊心をめちゃめちゃに傷つけるものさ。もう男としても、経営者としてもダメになったような気がしてね……」

苦渋にみちた表情でぽつりぽつりと白状する勇一だ。昭彦も、今は服を着終えた千穂も、言葉をさし挟むことも忘れて聞き入った。もし彼がインポだという事実が外部に知れたら「専務は線が細い。社長の座は荷が重すぎる」という現社長派の言いぶんが正しいことになる。

「いろんな薬を試したし、怪しげな民間療法まで頼ってみたが、どうもダメだった。そんなときに、伊豆の社員旅行があったんだ……」

「女風呂を覗き見して、千穂のヌードを撮ったときですね」

「信じてくれ、あれはまったくの偶然だ。計画的なものではなかった……」

呻くようにして藤木は弁解した。

――宴会の前、ひと風呂浴びた後で藤木は、よく手入れのされた温泉旅館の庭をぶらぶら散歩していた。昔からカメラが趣味で、そのときも何か被写体があればという気持で、愛用の一眼レフをぶら下げていた。

庭の外れに垣根があり、散歩道は行き止まりになっていた。ふと耳をすますと垣根の向こうから賑やかな女たちの声が水の音と共に聞こえてきた。

(ほう、露天風呂か……)

入っているのは、たぶんブルゴン商事のＯＬたちだろう。ふだん制服姿しか見たことがない若い娘たちが入浴している――と思うと、やはり好奇心をそそられた。

そのとき、垣根の端に出入り口があるのに気がついた。庭師や掃除係が清掃に入るためのものだろう。触ってみると鍵がかかっているわけでもなく、簡単に開いた。

魔がさした――としか言いようがない。藤木はフラフラと垣根の向こうに足を踏み入れた。

彼のいる所は植え込みの陰になっていてしかも場所が悪く、露天風呂が見えない。そっと建物ぞいに移動すると、明かりのついている窓のところに来た。換気のためか窓が少し開いている。なにげなく覗きこんで、藤木は目の玉が飛び出しそうになった。そこは女性浴場の脱衣所だったからだ。

若い女が一人だけ、全裸で、横向きに立っていた。

風呂から上がったばかりだ。白い肌が湯で温められ、ピンク色に染まっている。彼女は濡れた肌をバスタオルで拭っていた。

(美しい。いい体をしている。それに、なんという瑞々しさ……)

藤木は賛嘆して凝視し続けた。窓の外は暗い。若い女はまったく覗かれていることに気がついていない。しかも、他の女は誰もいない。

(こんな美しい娘がうちの会社にいただろうか?)

首をひねった。ブルゴン商事の社員ではなく、他の宿泊客かとも思った。

顔の向きを変えたとき、ようやく分かった。経理課の佐野千穂。

（しかし、制服を着ているときは、何の特徴もない、地味な女の子なのだが……）

いま目の前にいる、健康的で溌剌としたエロティシズムを輝かせている娘と同一人物とは、とても思えなかった。

中でも彼の目を惹いたのは、まだ湿りを帯びている秘毛の丘だった。ふっくらと盛り上がりいかにも悩ましい。艶のあるクセのない繊毛。触って引っ張ればちぎれそうな感じだ。

（ううむ、あの丘の麓に顔を埋めたら、どんな匂いがするか……）

そうやって窃視しているうちに、彼の体に異変が起きた。

下腹が疼き始めたのだ。

（えっ、なんだ⁉）

触ってみると、これまで力を失っていた分身器官がムクムクと膨らんできている。

（どういうことなんだ、これは？）

驚き怪しむと同時に、激しい歓喜が湧き起こった。医師たちは口を酸っぱくして「不治のものではありません。いつかは治ります」と言ってくれていたが、彼は絶望していた。しかし、いま膨張活動を始めた器官は、その言葉が正しかったことを教えてくれたからだ。

もし、この場に千穂と自分だけしかいなかったなら、藤木はその場で千穂に襲いかかったかもしれない。それほど急激に牡の攻撃本能、凌辱本能が湧き起こってきた。

もちろん、温泉旅館の女性浴場では、いつ誰が入ってくるか分からない。間もなく宴会も始まる。そうしたら誰かが自分を探しに来る。

しかし、藤木は立ち去りがたかった。そのとき、手にしていたカメラに気がついた。

（そうだ、こいつで……！）

ためらわず窓の隙間からレンズを向け、ちょうどパンティを穿こうとしている千穂の瑞々しいヌードにストロボの光を浴びせた。

「そのときに、彼女がハッとして顔を上げた。驚いたというか脅えたというか……その表情になんとも言えずサディスティックな気持をそそられたんだ。目に焼きついてしまった」

人に頼んでこっそり現像してもらったフィルムは、しかし、千穂のヌードらしきものがボンヤリと写っているだけだった。

「浴室の湯気がレンズを曇らせたようだ。ピントも合っていなかったらしい」

それを聞いて千穂は叫んだ。

「ひどい！　じゃ、私のヌード写真なんてどこにも無かったのね⁉」

つまり彼女は、失敗して役に立たない写真をネタに脅迫されていたわけだ。

「そうなんだ。だから自分でも脅迫に成功するとは思っていなかったが……」

あの後もあいかわらず妻とのセックスはうまくゆかなかったが、千穂の清新なヌードを想い浮かべるとムラムラと欲望が湧き、なんとなくペニスが疼きふくらむ。

「そこで、声だけでも聞いてみようと思った。もし脅えた声が聞ければ、それが刺激になると思ってね……悪戯半分に脅迫電話をかけた。ホンの遊びのつもりで」

彼は第二資料室にはよく足を運んでいる。先代社長、すなわち義父のために社史編纂を命じたのは彼なのだ。そのために自分で資料を集め、専任の人物を整理と編集のために任命した。だから資料室の合鍵も持っている。資料室の中には机と内線電話まである。人がいる所からは離れている。若い娘を脅かして楽しむためには絶好の場所だ。

「そうなんだよ。単に脅かして、震え声とかを聞きたかったんだ。騒がれたらすぐ止めるつもりだった。ところが、最初にあんまりうまくいったもので、ついズルズルと……」

パンティから生身の肉体へと、彼の欲望はエスカレートしていった。一つの脅迫が成功するたびにペニスは疼き、硬くなる兆しを見せた。

「なるほどね……。じゃ、専務はこの千穂を、インポ治療の道具に使ったわけか」

そこまで聞いた後、昭彦が言うと、藤木は頭をかかえた。

「すまん。結果的にはそういうことになった。実際に、彼女のおかげで可能になったのだからね。最初はうまくゆかなかったが、それでも挿入は出来た。二回目は挿入も射精も出来た。そのときの歓喜をどう説明したらいいか……。金を置いていったのは、あれは純粋に感謝の気持からだ」

「そう言ってもねぇ、レイプしたという事実は変わらんですよ。それにしても、なんでふた月近くも中止したんです？」

「それは、女房の都合でね……あの時期、由起子はアメリカに留学している娘のことで渡米していた。ふだんなら私の行動を逐一見張っているはずの人間がいないので、ああいった大胆なことが出来たわけだ。その直後に帰宅したので、そういう冒険は出来なくなった。昨日、あいつはまたアメリカに飛んだ。あいつとしばらくいると、またインポがぶりかえしてきた。その治療のためにも、私は、その……必要だったんだ」

「治療ねぇ……」

昭彦は溜め息をついた。確かに藤木の考えだした治療というのは、抜群に効果があったに違いない。今回もあれだけ激しく勃起し、したたかに彼女の体内に噴き上げている。

「なるほど、鬼の居ぬ間の洗濯というやつですか。まあ、気持は分かりますがね……」

藤木は後ろ手に縛られたまま、頭をペコペコ下げた。

「すまぬ。申し訳ない。許してくれ。そのかわり、私に出来ることなら何でもする」

昭彦は千穂の顔を見て訊いた。

「どうする、千穂？　専務はこう言ってるが……」

「困ったわね……。私のおかげでインポが治って元気になったなんて言われると、なんだか悪い気もしないし……。私はどうしていいか分からない。叔父さまに一任します」

確かに自分の肉体で萎えかけた男性器官をあれだけ猛り狂わせたのだから、千穂としてはまんざらでもないかもしれない。それに、彼によって露出願望、マゾ的な快楽に目ざめたのだから、ある意味では恩人なのだ。

「じゃ、この話は後ほど、専務と私の二人だけで解決しましょう。私の手元には証拠の写真がある。専務がシラを切ったりしたらこちらはいつでもこれを使わせてもらう」

「分かった。連絡してくれ。私はいつでも話し合いに応じるよ」

藤木は縛めを解かれ、服装を直すことを許された。千穂に何べんも頭を下げ、逃げるように外に出ようとする彼を、千穂が呼びとめた。

「藤木専務」

「はあ？」

ふり向いた彼の目の前で、千穂は制服のスカートをまくりあげて黒いショーツを脱ぎ下ろした。さっき自慰を強要されたために、股布のところはベットリと白い糊に似た分泌液で汚れている。

「額が汗だらけ。これでお拭きになって」

セクシィなランジェリーを手渡された藤木の顔に、突然歓喜の色が浮かんだ。

「これを私に……？　いや、それはありがとう」

黒いナイロンで額を拭うと、それをポケットに押しこんだ。彼が立ち去った後、昭彦は姪に向いて命じた。

「おれは、あいつを夢中にさせろと言ったが、おまえまで喜べとは言わなかったぞ」

「はい……すみません」

たちまち千穂はシュンとなった。

「服を脱げ。お仕置きをしてやる」

昭彦は命じた。千穂の顔にサッと血の色が浮かんだ。

第十二章　マゾ奴隷のフロアショー

一カ月後、ブルゴン商事の取締役会で現社長の高松が相談役に退き、専務の藤木勇一が新社長に就任することが決議された。

「どうなってるんだ」

社内は騒然となった。社長派が有利だと誰もが思っていた。専務が経営陣から追われる可能性もあったのが、土壇場の大逆転になった。

「そういえば、藤木専務はこのところ、すごく精力的に動いていたからな」

「どうやら、営業本部の食品と雑貨部門が専務派についたらしい」

「株主の根回しが効いたらしいぜ」

実際、英国紳士的風貌と態度で、あまり権謀術数にたけていないと思われていた藤木だが、取締役会直前まで目まぐるしく動き回り、高松の追い出しを熱心に説得したのだ。大株主の一人が「社内抗争がこれ以上激化すれば、収益に影響が起きる」として「人事にはスジを通せ」と高松退任に傾いたらしい。その情報が流れたとたん、役員たちは浮き足立った。いつまでも反藤木でいたら今度は自分たちが追われる。掌《てのひら》をかえしたように専務派になびいた。

「くそ、一時はボーッとしていて、まったくヤル気を無くしていたように見えた。とんだ大石内蔵助だ。してやられた……」

高松は歯噛みして悔しがったという。能力を見くびって、まったく油断していたのだ。彼のエネルギーを回復させたのが一介のOLだとは、まったく知るよしもない。

藤木の社長就任の直後に行なわれた人事異動で、前社長派の小栗洋酒販売部長がシンガポールの子会社に出向させられた。藤木が専務のときに秘書だった柳原亮子と不倫関係にあって、藤木の不利になるような情報を漏洩させていた——という噂が流れた。亮子は辞表を提出して会社を去った。

そんなゴタゴタの中で「佐野昭彦が海外出張の際に私腹をこやす行動をとっている」という密告の手紙が役員たちに送られた。たぶん小栗が腹いせに出したのだろう。その問題は新社長のひと言でおさまった。

「あれは、私が個人用に欲しいと思っていたワインを探してもらうため、佐野くんに頼んでいたのだ。問題になるようなら、私のポケットマネーの方から精算させよう」

それまで藤木と一介の課長代理が親しいなどと思っていた人間はいなかっただけに、他の社員は驚いた。今回の人事異動で昭彦が洋酒事業部に新設されたワイン販売部の課長に昇格した理由もなんとなく説明がつく。

「あの野郎、どこでゴマをすってたんだ」

そういうやっかみの声も聞こえてきたが昭彦は気にしない。そのうちに退職し、自分でワインの輸入をやるつもりだ。そのときは藤木の援助を得られることになっている。

「脅迫とレイプの件を黙っていてくれれば、きみに対する非難を私が押さえつける。独立する際には、公私ともどもあらゆる援助を惜しまない」

藤木はそう約束し、フィルムと引き換えに念書も書いた。そのとき、昭彦は話のついでに、自分の上司である小栗が藤木の秘書の柳原亮子と肉体関係を結び、情報が漏洩していると教えてやった。それがなかったら今度の逆転劇は不可能だったろう。そのことだけでも藤木は昭彦に充分感謝している。

——年が変わった。まだ正月気分が抜けない時期、昭彦は千穂を食事に誘った。

麻布のフランス料理レストランで食事をした後、『ラ・コスト』に入った。

「今夜はすごく混んでるのね」

すべての席が男女のカップルで埋まっている。案内された席に座った千穂は店内を見回して、叔父に囁きかけた。

「そうさ。今日は新装オープン記念として特別ショーをやるんだ。新機軸のストリップショーらしい。それで千穂を誘ったんだ」

「ストリップショー？　ここで？」

「そうだ。今まではヌードダンサーが踊ってたんだが、いま一つ客にウケなくてね、マーキーが趣向を変えてみることにしたらしい」

「ストリップなんて見たことがないけど、興味あるわ」

千穂は目を輝かせた。彼女はかつて「生板とかやるストリッパーやピンクサロンのホステスのような職業についてみたい」と語ったことがある。どちらも不特定多数の男たちに嬲られ辱められる職業だ。この娘には天性の娼婦性が備わっているに違いない。

オーナーのマーキーがやってきた。軽く目くばせした。

かつて「何か目新しいショーで客を呼びたい」と持ちかけてきた彼に、昭彦は「こんなのはどうだ」と、背徳的な提案をしてやった。それが今夜の特別ショーとして実現する。

昭彦の提案を聞いたとき、マーキーは目を丸くしたものだ。

「本当かい？　驚いたな、きみはそんなことが出来るのか。やらせられるのか？」

「できるとも」

って頷いた。

昭彦が『スタジオ幻夢』のことも詳しく説明すると、高級クラブのオーナーはニヤリと笑
「おもしろい、やってみようじゃないか」

好色なことでは彼も昭彦に負けない。しかも背徳的であればあるほどいい。自分の店にサド侯爵の居城の名をつけたことが、それを示している。マーキーとはすなわち、マルキ（侯爵）の英語読みだ。彼は千穂にも挨拶した。昭彦はそのうち、彼に千穂を委ねることを約束している。その代償としてマーキーは昭彦から、一年分のワインを大量に購入する。

「これはこれは、千穂さん……。今夜は面白いショーがあります。楽しんで下さい」

やがて生バンドの演奏が終わり、照明が暗くなった。ダンスフロアの真ん中にスポットライトが当たり、マーキーがその中に歩み出た。

「ようこそ、皆さん。今夜は予告どおり、新装記念の特別ショーをやります。今までのフロアショーとはまったく違った、新機軸のストリップショーです」

「どこが新機軸なんだ」

客席から声が飛んだ。マーキーはその声に向かってニヤリと笑ってみせた。

「最初っからです。ストリッパーは楽屋からは出てきません。もう、皆さんの中にいるんです。さあ、誰がそのストリッパーでしょうか？」

もう一つのスポットライトが、客席を端から端まで順々に照らしだしてゆく。

「え？　あの子かな？」

「さあ、あっちの子かも……」

「あれは違うよ、銀座の……」

客たちはざわめいた。周囲を見回し、誰がストリッパーなのかを探ろうとした。

スポットライトが千穂をとらえてぴたりと止まった。

「えっ⁉」

千穂は呆気にとられた。

「私が……⁉　どうして……⁉」

「この方が、今日、特別出演なさるストリッパーです」

マーキーが合図すると、バニースタイルのコンパニオンが二人、歩みよって彼女の腕をとった。

「さあ、こちらへ」

「あ……」

ようやく叔父のたくらみだと分かった。真剣な顔になってヒタと昭彦の顔を見つめた。

「叔父さま、私をストリッパーにさせる気？」

「そうだ。おれやスタジオの客だけを相手にするだけじゃもったいない。おまえをすべての男たちに与えたい」

「…………」

唇を嚙みしめていたが、フッと表情が和んだ。髪を撫でつけた。

「分かったわ」

コンパニオンに導かれてフロアの中央へ進みでた。

どよめきが起こった。

「まあ、あの子が？　ふつうの子じゃないの」

「とてもストリッパーには見えないね」

「本当にストリップなんてやれるの？」

客たちが抱いているストリッパーのイメージに、千穂はまったくそぐわなかったからだ。控え目な化粧、シックではあるが地味な服装。ちょっといい家のお嬢さんという感じ。

マーキーが彼女の腕をとった。ニンマリと笑いかける。

「驚いていますね、あなたこそ、今夜のヒロインなんですよ、愛子さん」

落ち着かせるように声をかけながら、手にしたものを見せた。千穂の表情が変わった。

「まあ」

首輪だ。大型犬に嵌めるようなごつい革製の、頑丈な尾錠がついた黒い首輪。

「分かりますね、これが何だか」

「……はい」

千穂も、マーキーが昭彦と共謀していることを知ったようだ。

「これをあなたの首に嵌めます」

細くて白い喉首に、まるでチョーカーのように黒い首輪が嵌められた。千穂はまるで抵抗しない。

「さあ、首輪を嵌められました。あなたはもう、これまでのあなたではない。何になったか分かるでしょう？」

「…………」

無言で頷く。

「それではお客さまに分かりませんね。あなたは何なのか、それをハッキリ口にしてみて下さい。」

「あの……」

白い肌に赤みがさした。昭彦はすでに彼女の目が潤んでいるのが分かる。

「それは……奴隷です」

言ったとたんに両手で顔を覆った。

客席がざわめいた。これから繰り広げられるのが、ただのストリップショーではないと分かったからだ。マーキーがしつこく問い続ける。

「ほう、奴隷ね。奴隷にもいろいろある。どんな奴隷なの？」

「あの……マゾ奴隷です」

消えいるような声だったが、マーキーの手にしたハンドマイクを通じて「マゾ奴隷」の部分は誰の耳にも聞きとれた。また客席がざわめく。

「マゾだって」

「あの子が？」

「いやだぁ」

昭彦と二、三人を除いては、誰もが耳を疑ったようだ。マゾとかサドとか、そういう言葉を口にするような娘には見えないからだ。昭彦がマジックミラーごしに初めて千穂を認めたときの驚きに似た反応。

「ほほう……マゾ奴隷ね。では、マゾ奴隷とはどういうものか、説明してほしいね」

マーキーの声がだんだん威圧的に、命令口調になる。それは昭彦が前もって指示した。千穂はそうやって威圧されると、マゾヒスティックな昂奮が高まる。

「マゾ奴隷とは……あの、ご主人さまのどんな命令にも服従するセックス奴隷のことです」

客席は静まりかえった。

「ふんふん。ご主人さまのどんな命令にも服従するわけか。そのご主人さまとやらは、おまえの場合、どんな人かね」

「それは……いまここにいらっしゃる皆さま全員です」

またどよめきが湧く。客席では男たちが身を乗り出し、女たちは両手で頰を押さえている。

誰もが昂奮している。その熱気は昭彦にも伝わってきた。フロアにいる千穂にも伝わっているに違いない。

「ということは、誰でもおまえを自由に出来るということか？」

「はい」

マーキーは半円形にフロアをとり巻いている客席を見回した。

「皆さん、聞きました？　この愛子という女は、皆さんのどんな命令にも服従すると言っています」

「よし、それじゃ命令しようじゃないか」

誰かが声を飛ばした。

「おれもするぞ」

賛同する声が湧いた。

(思ったとおりに運んだな……)

昭彦は安堵した。こう訊けばこう答えると想定して、マーキーには幾とおりかの質問を準備させた。千穂は彼が想定したとおりに答えている。

「これは困ったな。皆さんがてんでに命令を出されても整理に困る。よし、最初に一人ご主人を選びましょう。その人が彼女に命令する権利を得る。それでどうですか?」

「どんなふうにして選ぶ?」

客席から質問が出た。

「クイズではどうですか? たとえば彼女がいま穿いているパンティの色をズバリ当てた人とか」

「複数が正解したら?」

「そのときは次のクイズを考えましょう。じゃ皆さん、彼女のいま穿いているパンティの色を当てて下さい」

コンパニオンが客席を回り、一人一人の答えを書き留める。誰の目の色も変わっている。ひそひそと熱心に相談しあうカップル。念力でスカートの下を透視しようとするかのように、千穂を凝視する男。

「彼女の雰囲気なら白じゃないか」

「当たり前すぎるわ。あえてこの問題を出したんなら、意外な色のを穿いてると思う」

「黒かな。赤かもしれない」

「上に着ているのがモスグリーンのスーツで？」

ようやく全員の答が出揃った。

マーキーが命じた。

「では、マゾ奴隷の愛子。おまえのご主人さまを決める。何色のパンティを穿いているのか、スカートをあげて皆さまにお見せするんだ」

「はい……」

さすがに強い羞恥を覚えたのだろう、耳朶まで血の色がさした。首輪を嵌められた若い娘はおずおずと身を屈め、タイトスカートの裾を持った。誰もが息を呑んだ。

ミニ丈のグリーンのスカートがそろそろとめくりあげられていった。濃いベージュ色のストッキングに包まれたむっちりした腿がつけ根の方へ向かって露わになってゆく。それが突然に途切れた。白い肌が見えた。ストッキングは淡いピンク色のガーターベルトで吊られていた。

「あら、ガーターベルト」

「おー、セクシィだな」

裾はなおもめくりあげられる。顔をうつむけにしている千穂だが、被虐の陶酔の色が濃い。

「えっ⁉」

眩しく照り輝くような腿のつけ根、股間に食いこんでいる布きれが逆三角形に見えた。その瞬間、溜め息と嘆声が店内に渦巻いた。

色は黒でも白でも赤でもピンクでもなかった。

「ええと、これは意外な色でしたな。青でもないし紫でもない。何色ですか、これは？」

マーキーが客席に尋ねる。

「藤色」

「ラベンダー」

「うんと薄いスミレ色？」

「和服なら藤鼠色ね」

「うす紫というのが適当でしょ」

ひとしきり答えが出る間に、千穂のスカートは腰のところまでたくしあげられ、ラベンダー色のパンティをすっかり露呈していた。

素材はシルクとポリエステル。昭彦が今夜のためにプレゼントしたオスカー・デ・ラ・レンタのシンプルなデザインのショーツだ。繊細なレースがたっぷり使われて、秘部以外は透けて見える。黒いくさむらもほとんど。男も女も高級なランジェリーに包まれた魅力的な股間の眺めに見とれている。

大多数の者が外れた。マーキーが答えをチェックしてゆく。

「紫というのがありますが、正解にするには辛いですな。青も水色もダメと……。おお、うす紫と書いた方がお二人いますね。もう一人藤色という方がいます。あ、ラベンダーも一人。つごう四人が正解です」

パチパチと拍手。歓声。正答を出した客が喜んでいる。

「では、この四人の方には、次のクイズをさしあげます。これから彼女の胸をお見せしますので、バストサイズを当てていただきたい」

振り向いて、千穂の傍に控えているコンパニオンに合図した。彼女が千穂の着ているジャケットを脱がせた。白いシルクのブラウスも。その下はスリップもキャミソールも着けていなくて、パンティとペアになったハーフカップのブラジャーだった。眩しい若さが輝く椀型のふくらみ。

「きれいな肌だな。ぬめ肌というか餅肌というか」

視線を浴びて、なめらかな雪白の皮膚が首から下の皮膚も桜色に染まってゆく。誰もがその変化を息をつめるようにして見とれた。上半身だけ見ても彼女のプロポーションのよさは分かる。

「さあ」

マーキーに促されて、おずおずと手が背後に回る。ブラのホックが外れ、肩紐が丸い肩を滑り落ちた。

「ほう……大きい」

少しのたるみもなく、若い娘の生気が充ち充ちてパンと張りつめたような丸いふくらみ。頂点に突き出したピンク色の乳首。多数の見知らぬ男女の視線に刺されて、乳首は硬くなり膨らんでいる。千穂の瞳に、さらに陶酔の色が広がった。

「うーん、八十四かな。もっとあるか」

「八十六？」

「あのね、胴まわりが細いと、本当のサイズより大きく見えるのよ」

ひとしきり乳房の品定めが行なわれた後、四人の回答が集められた。

「では、計ってみましょう」

コンパニオンがメジャーを持ち出してトップバストのサイズを計った。マーキーが告げた。

「八十二センチ。八十二センチの方はお二人です」

「うむ。体が細いので惑わされた」

間違った客はしきりに残念がる。

「では、最後のクイズにまいりましょう。このマゾ奴隷のヒップのサイズをお当て下さい。近い方を正解にいたします」

千穂はタイトスカートのホックを外し、足元に脱ぎ落とした。いまや身に着けているのは首輪とブレスレット、腕時計を除けばピンク色のガーターベルト、ラベンダー色のショーツ、濃いベージュ色のストッキング、そしてグリーンのハイヒールだけだ。両手は見えない縄で縛られているように背後に回されて、それがマゾ奴隷らしいエロティックな印象を強調している。誰もが息を呑んだ。

「ピチピチした健康美だな。見ているだけで若返るよ」

年配の客が唸った。連れの女性たちは二十代後半から三十代にかけての熟女が多い。彼女たちの視線は嫉妬と羨望を秘めてなめらかな腹部や腿の丸みに突き刺さる。

「さあ、サイズを計る。パンティを脱げ」

マーキーに命令されて、ためらいがちな手が下着の腰ゴムにかかった。

スルリとシルクの布きれが引き下ろされた。

「はーっ」

嘆声が渦を巻いた。

なめらかな腹部にひそやかに繁茂している艶やかな直毛の繁み。可憐でありながらなおかつ女の生命力を謳歌しているような黒々とした草むら。

「後ろもお見せしろ」

「はい……」

ゆっくりと体を回し、半円形に自分をとり囲んでいる客たち全員にクリクリと丸い、少しも垂れていない臀部の双丘をさらす。二人の客が答えを口にした。

「バストより大きいから、八十四だ」

「八十六」

再び正面を向いた千穂の裸身にコンパニオンが近づいた。メジャーがヒップのふくらみに巻きついた。マーキーが覗きこみ、言った。

「八十四」

「やった！」

奥の方の席にいたカップルが歓声をあげた。皆が振り返る。男性は四十代後半。サングラスのように濃い眼鏡をかけ、顎髭をはやした恰幅のいい紳士だ。女性は二十代だろう、長い黒髪とボディの曲線を意識した黒いワンピースドレスを纏っている。一見して男性の方は何か自由業、女性はホステスのようだ。

「正解はF席のかた！　カップル単位にしますので、お連れの方にも命令権を与えましょう」

羨望をこめた歓声と拍手。

一組の男女が立ちあがった。男は禿げあがって見るからに精力的な恰幅のよい体格を仕立てのよいスーツに包んだ中年男、女はサングラスをかけ、見るからにグラマラスな肉体をもつ三十代半ばの熟女。夫婦には見えない。たぶん愛人関係だろう——と誰もが思った。

「うまくいったわね」

その時、昭彦は肩を叩かれた。振り向くと初枝だった。今まで客席の後ろでこっそり見守っていたらしい。

「ああ、計画どおりにね」

初枝は千穂が立った後のシートに滑りこむ。今日は真紅のチャイナドレスに身を包んでいる。裾から腿のつけ根まで切れ上がったスリットから見える白い肌が煽情的だ。熟女の手がテーブルから伸びて昭彦の股間に触れた。そこが充分に隆起して熱を帯びているのを確かめて婉然と笑ってみせた。熟爛した肌が悩ましく匂う。

クイズに勝って命令権を得たカップルのうち、男の方は『スタジオ幻夢』の馴染客で、榊原という弁護士だ。なかなかのサディストで、初枝は、昭彦や佐奈田同様、パートIIに勤めさせるモデルたちの特訓を彼にも頼んでいる。ただ、千穂は彼の顔をまだ知らない。女の方は御子神康子といい、初枝の昔勤めていたSMクラブで女王役をやっていた。レズビアンの気も濃厚で若い娘を責めて昂奮する、正真正銘のサディスティンだ。二人とも初枝が頼んだ、いわばサクラなのだ。

今日の特別ショーは、実は『スタジオ幻夢』が嚙んでいる。昭彦がもちかけてマーキーと初枝を会わせたからだ。

その結果、初枝がオープンさせるパートIIのモデルたちを交替でショーに出演させ、店の顧客をマーキーが初枝に紹介する——という条件で話が纏まった。

『ラ・コスト』の客は、オーナーのマーキー自身がサディスティックな趣味を持つだけに、サディストが多い。しかも名誉も地位も財産もある人物たちだ。倒錯的な欲望を満足させる秘密スタジオの顧客としては申し分がない。

クイズの答えは、あらかじめ昭彦の方から榊原に教えてある。最初から一般客に千穂を責めさせるのは無謀だということで、初枝がサクラを使うことを提案し、昭彦も同意した。もちろん千穂は何も知らない。だから脅えている。

マーキーが榊原たちをフロアに呼びだして尋ねた。

「では、このマゾ奴隷の愛子に、どういう命令を下しますか」

「その前にですね、私たちは彼女のご主人さまの代表なのですから、挨拶をさせないといけません」

康子が言うと榊原が頷いた。

「まず私たちに、それから客席の方、全員にね、ついでだからおまんこを開いて、よくご覧に入れさせる」

千穂の表情が一瞬青ざめ、それから紅潮した。

「はい、分かりました」

「マゾ奴隷のご挨拶は分かっているわね。ご主人さまのおみ足に口づけするのよ」

康子が冷酷につけ足す。

「はい……」

ガーターベルトとストッキングしか肌を覆うものがない若い娘はフロアに跪き、まず康子のハイヒールに唇を押しつけた。

「ご主人さま、私はいやしいマゾ奴隷です。この体を、どうぞご自由になさって下さい」

「よし」

同じ行為を榊原に行なうと、康子が首輪に鎖をとりつけた。

「這ったまま、ご主人さまたちの席を回るのよ」

マーキーが乗馬鞭を康子に手渡した。軽くひと振りして篦《へら》状の鞭先を白い臀丘にふり下ろす。ビシリという残酷な音に女の客たちはビクッと震え上がった。

「あっ……」

千穂が呻く。

「さあ、右端の席から順にね」

犬のように首輪を引かれて這って歩きだした千穂。席に座っているカップルのそれぞれの足に接吻して屈辱的な挨拶の言葉を述べる。それから立ち上がり、白い指で自分の秘毛を掻き分けてつつましやかで可憐な秘唇、その奥のサーモンピンクの粘膜を露わにするのだった。

「ご主人さま、どうぞ愛子のおまんこを検査なさって下さい」

語尾が顫えるのは、羞恥のせいばかりではない。激しい昂奮のせいでもある。

「まあ、驚いた。濡れてるわ、この子」

女性客の嘆声が、千穂の白い肌をさらに赤く染める。

「凄いね、本当のマゾ娘だ」

「信じられない。どうしてあんな可愛い娘が……？　まだ処女だといってもとおるような子じゃないか」

客たちは感嘆し、囁きかわした。

やがて昭彦と初枝が座る席にやってきた。

「叔父さま、どうぞご覧になって……」

他の客の耳に聞こえないほどの低い囁き声を、昭彦はハッキリ耳にした。

「きれいだな、千穂。こんな魅力的なおまえは初めてだ」

「ありがとうございます」

彼女が自ら割り広げている女の性愛器官から溢れ出る薄白い蜜液は、もう内腿を伝って膝まで達している。若い牝の芳香が源泉から立ちのぼり昭彦の鼻を刺激する。

「愛子、キチンとおつとめを果たすのよ」

初枝が厳しい声で命令する。

「はい、分かりました」

昭彦も初枝も、榊原と康子のコンビがどんな責めを繰り広げるか知っている。

フロアの中央で自瀆行為をさせる。二つのバイブレーターで膣と肛門を同時に責めるハードオナニーだ。次いで緊縛し、天井から吊り下げて前と後ろからの鞭打ち。千穂は鞭にそんなに強くない。おそらく失禁して気絶するだろう。

康子が尿を浴びせて覚醒させ、それからフロアに運びこまれたベッドの上に大の字に縛りつける。佐奈田に指導を受けながら昭彦も何回か姪の膣奥に手首を埋めこもうとしたが、まだ果たせない。今夜は康子がV責めを行ない、最終的にフィストファックで絶頂させる。

「たぶん、康子の手首なら入るわよ。それに愛子もすごく昂奮しているし……」

初枝の瞳がキラキラと猫の目のように輝いている。この女も発情しているのだ。

全員にたっぷりと秘部を視姦された千穂は、フロアの中央で数度、きつい鞭を浴びせられて泣き悶えた。鞭で強制されて、立ったままで股を広げて自瀆行為が始まった。

甘く悩ましい呻き、啜り泣きがふっくらした唇から発せられる。『ラ・コスト』の店内はたちまち淫靡淫猥な雰囲気が濃厚に立ちこめ、客の男女たちは互いに相手の体をまさぐりあいながら、若い娘の痴態と痴戯を凝視するのだった。

「ああ、ああっ……、うーン」

片手で乳房を、片手で秘部を揉み嬲りながら裸身をくねらせる千穂。全身に汗が噴き出してきた。指が濡れた粘膜を擦りたてる淫靡な音が、マーキーが突き出したマイクに拾われて店内に響きわたる。

（すごい、この世の出来事とは思えない。これこそ幻の夢だ……）

自分で自分を辱める行為に耽溺してゆく姪のヌードを眺めながら、昭彦もまたサディスティックな昂奮に陶酔した。初枝は彼のズボンの前を開けて怒張しきった肉根を摑み、巧みに刺激している。彼の手はチャイナドレスのスリットから股間に延び、ハイレッグカットのショーツの股布を押しのけて、濡れ濡れの秘唇を指で楽しんでいる。

千穂は絶頂する寸前に叔父を見つめた。ヒタと見つめて、

「イキます。マゾ奴隷、イキます」

ひと声高く叫んでから、ブルブルと全身をうち震わせた。

この作品は一九九一年三月フランス書院文庫より刊行された
『姪と叔父　奴隷日記』を加筆訂正の上、改題したものです。

幻冬舎アウトロー文庫

●好評既刊
セクレタリ 愛人
館 淳一

美貌の重役秘書が羞恥心とマゾヒズムの鞭にわななき花蜜を溢れさせる——。淫らな秘密の裏には企業の黒い策略と官能の罠があった。男の欲望に応える女たちの、滴り匂いたつエロティシズム。

●好評既刊
姉と鞭
館 淳一

「姉さん、これからはぼくの奴隷になれ」離婚訴訟中の姉・裕子はカーテンの閉ざされた部屋で、弟の一彦が振りおろす鞭に夜ごと甘美の声をあげる。快楽の海に溺れる姉弟の官能世界。

好評既刊
卒業
館 淳一

裕介は、結婚式を明日に控えた養女・ゆかりを抱きながら、これまでの情事を思い出していた。そして式当日、ゆかりに控え室に誘われた裕介は、養女との最後の快楽に溺れていく。

●最新刊
ふしだらな左手
ルージュマジック
黒沢美貴

「ねえ、いいでしょ。最近、主人としてないの」。若妻は淫靡に微笑みながら膨れ上がった股間をまさぐり、妖しく目を光らせた。東京西部の福生を舞台に繰り広げられる、官能シリーズ第一弾!

●好評既刊
溺れる指さき
黒沢美貴

「思いきりセックスしてみたいな」。淫靡な空想をしながら呟いたとき、美香の転落は始まっていた。出逢い系サイトを通じて体を売り、快楽に溺れていく人妻の見た悪夢とは? 傑作官能小説。

GENTOSHA OUTLAW BUNKO

つたない舌《した》

館淳一《たてじゅんいち》

平成17年10月15日　初版発行
平成19年10月5日　2版発行

発行者――見城徹
発行所――株式会社幻冬舎
〒151-0051東京都渋谷区千駄ヶ谷4-9-7
電話　03(5411)6222(営業)
03(5411)6211(編集)
振替00120-8-767643

印刷・製本―図書印刷株式会社

装丁者――高橋雅之

幻冬舎アウトロー文庫

ISBN4-344-40720-2　C0193　O-44-4